H.K. Hugo Delff

Dante Alighieri

SALZWASSER
VERLAG

H.K. Hugo Delff

Dante Alighieri

1. Auflage | ISBN: 978-3-75250-943-4

Erscheinungsort: Frankfurt am Main, Deutschland

Erscheinungsjahr: 2020

Salzwasser Verlag GmbH, Deutschland.

Nachdruck des Originals von 1869.

DANTE ALIGHIERI

UND

DIE GÖTTLICHE KOMÖDIE.

EINE STUDIE

ZUR GESCHICHTE DER PHILOSOPHIE UND ZUR PHILOSOPHIE DER GESCHICHTE.

VON

Dr. H. K. HUGO DELFF.

Dante Alighieri per patria celeste, per abitazione fiorentino, di stirpe angelico, in professione filosofo-poetico, benchè non parlasse in lingua greca con quello sacro padre dei filosofi, interprete della veritá, Platone, nientidimeno in spirito parlo con lui, che di molte sentenzie platoniche adorno i libri suoi.

Marsilio Ficino nel proemio sopra la Monarchia.

LEIPZIG,

DRUCK UND VERLAG VON B. G. TEUBNER.

1869.

DEM HERRN

DR. FRANZ HOFFMANN,

ORD. PROF. AN DER UNIVERSITÄT ZU WÜRZBURG,
MITGLIED DER KÖNIGL. AKADEMIE DER WISSENSCH. ZU MÜNCHEN, RITTER,

UND

DEM HERRN

DR. A. BERNH. LUTTERBECK,

ORD. PROF. AN DER UNIVERSITÄT ZU GIESSEN,

IN FREUNDSCHAFTLICHER VEREHRUNG

ZUGEEIGNET

VOM

VERFASSER.

VORREDE.

Der Leser wird vielleicht die Bemerkung machen, dass die nachfolgende Abhandlung mit einer besondern Liebe von dem Verfasser ausgeführt wurde. Die Ursache ist die, dass ich nicht nur in dem Studium der Werke Dante's einen ebenso philosophischen wie religiösen Genuss ganz einziger Art fand, sondern demselben auch einen tiefern Einblick sowohl in die Geschichte und die Bedeutung gewisser philosophischer Ideen, als auch namentlich ein gut Theil meiner gegenwärtigen kirchlichen und politischen Ueberzeugungen zu danken habe. In Bezug auf diese Werke selbst und die göttliche Komödie insbesondere führte mich das Nachdenken und die Vergleichung auf einen bisher noch sehr wenig gekannten Zusammenhang, und ich glaubte (im Uebrigen nicht sehr erbaut von der Ueberfluthung des literarischen Markts mit literar-historischen Reproductionen —) in diesem Falle doch eine zwingende Pflicht der Dankbarkeit einzulösen, wenn ich diesen Zusammenhang und den in ihm sich ergebenden Sinn, worin allein die Lösung des „wundersamen Räthsels" begriffen ist, öffentlich darlegte. Man hat nämlich bisher sich für die Erläuterung insbesondere der Göttlichen Komödie fast ausschliesslich auf die Scholastik bezogen, wenn man nicht etwa vorzog aus dem Dunst des eignen Gehirns speculative Phantasieen zu componiren, und so ist allgemein die Ansicht verbreitet, dass Dante in Wesentlichen nur ein poetischer Excerptor des Thomas von Aquin sei, somit als Denker keine Bedeutung und vor allem keine selbstständige beanspruchen könne. Ich dagegen habe mir in diesem Buche vorgenommen, nachzuweisen und auszuführen, dass der Geist Dante's vielmehr mit den geheimsten Tiefen der Spekulation, mit der von den Viktorinern, Bernhard, Dionys, Augustin zu den Platonikern und weiter hinaufführenden mystischen Philosophie die intimsten und doch eigenthümlich geprägten Bezüge hatte. In dieser Beziehung habe ich für mich das feine Gefühl eines Kenners wie Marsilius Ficinus, auch Ozanam in seinem immerhin beachtenswerthen Buche: Dante ou la philosophie catholique du XIII. siècle — ist mir, wiewohl unvollständig, ohne grosse Klarheit und Entschiedenheit, und nicht ganz unbefangen, darin einigermassen vorausgegangen. Nachdem die bisherigen couranten Erklärungen nur das Aussenwerk behandelt, beabsichtigt mein Buch, die Frucht mehrjähriger Arbeit, in die intima des Dante'schen Geistes einzuführen, nicht in subjektiven Phantasien, sondern in historischen Analogien. Erschöpft habe ich das Thema allerdings nicht. Und wenn Manches unbenutzt blieb, was sicher werthvoll sich erwiesen hätte, so bitte ich das nicht als einen Mangel an Achtung zu deuten, sondern sich durch die mich zwingenden Momente, meine schwächliche Gesundheit und den Mangel an literarischen Hülfsmitteln in einer kleinen Stadt, zur Nachsicht stimmen zu lassen. Dieselbe Nachsicht erbitten sich die Uebersetzungsversuche, die lediglich aus dem Reiz der dichterischen Schönheiten, und aus dem Verlangen, alles mein eigen nennen zu dürfen, hervorgegangen sind. Und so weihe ich denn Dir, Geist des Dante, mein erhabener Lehrmeister, diese Restitution als ein lebendiges Denkmal, zur Verständigung der Verständigen unter dem gegenwärtigen Geschlecht in Italien, in Deutschland und in aller Welt!

Husum in Schleswig-Holstein, im September 1869.

H. K. Hugo Delff.

INHALT.

EINLEITUNG.

Der unter dem Namen des Areopagiten Dionys eines apostolischen Mannes auftretende Verfasser, wie Einige meinen im fünften, wie Andere schon im Anfang des dritten Jahrhunderts (welche letztere Angabe ich für die richtigere halte [1]), resumirte in seinen Büchern über die himmlische und die kirchliche Hierarchie den Ideengehalt des bisherigen kirchengeschichtlichen Prozesses, und brachte das mehr oder weniger unklar in den Gemüthern Schwimmende für alle Zeiten zur festen klaren Gestalt. Aller Hierarchie Ziel ist die Verähnlichung und Vereinigung mit Gott. Was aber in der himmlischen Hierarchie, in dem übersinnlichen Reichs-Organismus durch eine Gemeinschaft mit und in Gott, die sowohl unmittelbar als eine für jeden, in jedem Lebenskreise durch die ihm vorhergehenden höheren Lebenskreise vermittelte ist [2]), bereits realisirt ist oder sich ewig realisirt, das sucht die kirchliche Hierarchie durch die Mannigfaltigkeit, durch das System der Symbole zu vermitteln. „Unsere Hierarchie erblicken wir als uns selbst gemäss voll der Mannigfaltigkeit sinnlicher Symbole oder Bilder, durch welche wir unserer Natur gemäss zu den geistigen Anschauungen aufgeführt werden". Diese Symbole werden durch die organischen Stufenfolgen der priesterlichen Ordnung in Vollzug

1) Vgl. Arnold Gesch. der mystischen Theologie. Frankf. 1703. S. 241 ff. — 2) Ein Gedanke, der sich auch in der Kabbalah und bei Em. Swedenborg findet, s. Molitor über die Tradition III 293. Swedenborg, Himmel und Hölle § 37.

gesetzt [1]) Und eben gerade jene Symbole führt der Areopagit auf dasjenige zurück, was in der Hauptsache die Kirchenväter „Tradition" nannten [2]). Das Ganze aber ist ihm die höhere Gestalt der alten jüdischen Kirche [3]).

Die himmlische Hierarchie also hat die Substanzen und die Kräfte, die kirchliche Hierarchie hat die sinnlichen Bilder, die Symbole oder im höchsten Sinne genommen, soweit die Symbole Träger und direkte Medien der Kräfte werden, die Sakramente. Der höchst-denkbare Charakter der Kirche ist es, Sakrament zu sein. So ist die himmlische Hierarchie, die unsichtbare Kirche das Allerheiligste, das hinter dem Vorhang liegt — die kirchliche Hierarchie, die Kirche dagegen ist der Vorhof, das Mittel, der Träger. Es sind das zwei concentrische Kreise, von denen dieser von jenem das Medium und Organ ist, sodass jener von oben und innen beseelend, dieser von aussen und unten repräsentirend und vermittelnd, jener Wesen, dieser Erscheinung, jener Seele, dieser Leib, als beseelte Leiblichkeit Sakrament, jener in diesem sich sinnlich realisirend, beide eins und unterschieden das Eine lebendige und organische Ganze bilden.

Die Organisation der Kirche hatte sich mit der Fixation des Pabstthums geschlossen. Darauf trat mit der Krönung Karls des Grossen an die Seite des Pabstthums und der katholischen oder Universalkirche, Weltkirche, das Kaiserthum und der Universalstaat.

Das Kaiserthum nun war als der nothwendige correlate Gegensatz von dem Universalpriesterthum selbst hervorgerufen, ein unumgängliches Postulat im geschichtlichen Prozess. Oft ist versucht worden, das Kaiserreich mit jenen Weltreichen in Assyrien, Persien, Macedonien, Rom zu iden-

---

1) de coel. hier. III, 2. de hier. eccl. I, 2. — 2) ibid. 4. — 3) ibid. V, 2.

tifiziren, die als gigantische himmelstürmende Felsaufthürmungen von den Propheten des alten Testaments verurtheilt werden. Allein das Kaiserreich ist seiner Idee nach nicht ein Gewaltstaat, sondern eine göttliche, sittliche Ordnung; nicht die despotische Centralisation der Massen durch die Gewalt der Eroberung ist seine Absicht, sondern indem die Völker in dem Kaiser der göttlichen Autorität und der Uebermacht der Executive Ehrfurcht und Gehorsam zollen, bleiben sie doch eben so sehr frei gegen ihn, unter ihren eignen Gesetzen und Fürsten. In dieser seiner universalen Autorität anerkannt und thätig, mochte ein solcher wohl schon an sich von den Sonderinteressen zu universellen Gesichtspunkten heraufgehoben werden, und weniger Werth mochte er legen auf materiellen Erwerb und Eroberung, seine Aufgabe suchend in den ideellen Grössen, der Fürst der Gerechtigkeit zu sein da, wo die Nationen die Individuen sind.

Als nun gegen Ende des 11. Jahrhunderts das welthistorische Ringen des Pabstthums mit dem Kaiserthum anging, als die welthistorischen Potenzen sich zu einem Kampf auf Leben und Tod entzweiten, da waren doch allbereits die Willkürlichkeiten der sächsischen Kaiser und des Vaters Heinrich des IV. — des Salier's Heinrich des III. voraufgegangen, welche sich bemüht hatten, das kirchliche Regiment von dem kaiserlichen abhängig, die Päbste zu blossen Reichsbeamten zu machen, die kirchliche Autorität zu politischen, ja selbstsüchtig-ehrgeizigen Zwecken zu missbrauchen. Die Reaktion war natürlich und nothwendig; ihre Motive mochten anfangs edel genug sein. Allein, indem sie nun alsbald in das Extrem überschlug, hinwiederum den Staat von sich abhängig zu machen, gerieth sie in ein unfehlbares Stürzen. Als Hebel dieses Strebens bildete sich der eigenthümliche durchaus ungeschichtliche Grundsatz, dass der Staat aller selbstständigen Autorisation bar, seine göttliche Weihe von der Kirche zu nehmen habe, die eben dasjenige und das einzige Institut sei, das auf unmittelbarer göttlichen Satzung und Institution beruhe — dass also die Fürsten und voran der Kaiser nur dann von und mit Gott und mit Rechten seine Macht habe, wenn er sie von dem Pabste empfinge, auf den in direkter Erbfolge von Petrus die diesem von dem Herrn übertragene Autorisation gekommen sei.

Das schliessliche Ziel des hierarchischen Strebens wurde nun, die politische Weltmacht sowie sie eben nur ein Ausfluss der kirchlichen sein sollte, in der Hand des Kirchenmonarchen zusammenzufassen. Alsbald schlichen sich neben den religiösen und kirchlichen Motiven, die in Gregor VII. die herrschenden sein mochten, auch gemein politische selbstsüchtige, materielle ein, mit ihnen auch die Mittel der gemeinen Politik und das feine Gewebe des divide et impera, durch Entzweiung zu herrschen, durch Entzweiung der Nationen unter sich und mit dem Kaiser, der Unterthanen mit dem Fürsten, des Bürgerstandes mit dem Adel. Und um wirksamer durchgreifen zu können, wurde immer mehr die kirchliche Monarchie zu absolutistischer Centralisation verbildet und die sekundären Autoritäten zu Werkzeugen des heiligen Stuhls deprimirt.

Dabei entartete nun auch der Clerus. Eine Hauptursache war die weithin das Nöthige überschreitende Zunahme an weltlichem Besitz und die unmässige Ausdehnung der bischöflichen Territorialrechte. Die Bischöfe waren mit der Zeit weltliche Fürsten geworden, die über weites Land geboten. Darin collidirten sie nothwendig mit der Autorität des Staates. Sowie sie Lehndienste zu leisten hatten, hatte auch der Kaiser lange das Recht geübt, ihre Wahl zu bestätigen oder zu verwerfen. So kam die Kirche in eine nothwendige Abhängigkeit vom Staatsoberhaupt; Missbräuche schlichen sich ein, einseitige von politischen Motiven geleitete Bevorzugungen, Aemterschacher, Gunstschleicherei. Hier war daher der Punkt, wo die streitigen Mächte vorzüglich zusammenstiessen, aber da selbst, wenn einmal wie unter Heinrich dem V. ein weiserer Pabst einwilligte, doch die Bischöfe sich weigerten, ihrer weltlichen Macht zu entsagen, so konnte der Streit nie zu Ende kommen.

Unterdessen verloren alle innern Bezüge ihre lebenskräftige Energie, und der Cultus artete mehr und mehr zu einer blossen Mechanik des äussern Lebens aus. Unter solchem Sinken der kirchlichen Lebenskraft gewann das Ketzerunwesen an Muth und Stärke und reckte immer ungescheuter sein Haupt hervor. Bisher nur im Dunkeln schleichend kam es jetzt überall zu Tage und zeigte die ungeheuren Dimensionen in denen es um sich gefressen. Es waren die alten Gnostiker, Manichäer, Montanisten, die unter neuen Formen und Namen als Katharer, Begharden u. s. w. hier wieder ans Licht traten. Vergebens erschöpfte sich die Kirche in der Raserei blutigster Verfolgung. Wo die innere sittliche Macht fehlte, konnten äussere Repressalien die Energie des Zersetzungsprozesses nur erhöhen.

Eine edle und grosse Seele, wie Bernh. v. Clairvaux erkannte auf's Tiefste die lethalen Schäden der Kirche und besass Freimuth genug, sie den Häuptern mit ganzer Schärfe vorzuhalten. Die classische Schrift, — de consideratione ad Eugenium Papam — ist ein unvergängliches Denkmal seines vortrefflichen Geistes. „Voll, sagt er, ist die Kirche von Ehrgeizigen, nicht ist sie noch dazu angethan die Bewegungen des Ehrgeizes zu tödten, nicht mehr als eine Räuberhöhle für die Beraubung der Reisenden.“ „Das Haus des Gebets ist eine Räuberhöhle geworden.“ „Alles gewährt man dem Ehrgeiz, Nichts oder wenig der Heiligkeit.“ „Wölfe, o Pabst, sind bei dir, nicht Schafe.“ „Ebenso die Ketzerei, die heimlich fast überall züngelt, öffentlich rast. Die das östliche Land bereisen, siehe, die wissen's und können's dir sagen.“ „Die katholische Kirche ist fast ganz von diesem Geist inficirt, denn indem ein Jeder das Seine sucht, geschieht es, dass wir unter Neid und Streit, geübt in Hass und ermuntert zu Ungerechtigkeit, von Stärkern unterdrückt werden, selbst die Schwachen unterdrücken. Oder treibt in dem Haus der Apostel nicht schon mehr der Ehrgeiz, als die Andacht ihr Wesen? Oder hallt nicht schon dein Palast den ganzen Tag wieder von seinem Geschrei? Oder müht sich nicht unter seinen Klagen die ganze Gewalt der Gesetze und Canone? Oder giert nicht etwa nach seinen Raubgütern die ganze Italienische Raubsucht mit unauslöschlicher Gier?" „Dir, o Pabst, ist ein Dienst auferlegt, keine Herrschaft." „Wage es zu usurpiren, als Herrscher das apostolische Amt, oder als Erbe der Apostel die Herrschaft; wahrlich, wenn du Beides willst zugleich haben, du wirst Beides verlieren." „Weiden ist Evangelisiren. Greife die Ketzer an mit dem Wort, nicht mit dem Schwert. Was versuchst du zum zweiten Mal dir das Schwert anzumassen, das dir einmal geboten ward, in die Scheide zu stecken." „Und betrachte auch ferner, dass die Heilige Römische Kirche, der du durch göttliche Autorisation vorstehst, die Mutter der Kirchen, nicht ihre Herrin, und du nicht Herr der Bischöfe, sondern Einer von ihnen bist, auch ein Bruder derer, die Gott lieben, und der Erste, die ihn fürchten." „Gehe aus von Chur in Chaldäa, sage: Ich muss auch andern Völkern predigen. Das Exil wird dich nicht reuen, tauschest du doch ein für den Stadtkreis — den Erdkreis (orbe pro urbe commutato)." „Auf denn, lenke deine Betrachtung auf das Jerusalem, das oben ist, unsrer aller Mutter, da die Geister sind die Bürger." Und in den Predigten sagt derselbe Prophet: „Alle Christen suchen, was das Ihre ist, nicht was Jesu Christi. Auch selbst die Pflichten des kirchlichen Amts sind in schmählichen Gebrauch der Finsterniss übergegangen, und wird nicht das Heil der Seelen, sondern Reichthum und Luxus in ihnen gesucht. Desswegen nehmen sie die Tonsur, besuchen die

Kirchen, celebriren die Messen, singen Psalmen. Unverschämt streiten sie sich um Episcopate, Archidiakonate und andere Würden, so dass die Asyle der Kirche vergeudet werden zum Gebrauch der Ueberflüssigkeit und Eitelkeit. Es erübrigt wahrlich nur noch, dass der Mensch der Sünde offenbar werde[1])." „O, dass doch unsere modernen Pharisäer, wenn nicht thäten, so doch sagten was noth thut[2])." So auch ruft Hugo von St. Viktor den Prälaten zu[3]): „Ihr seid nicht bestellt zu Richtern der Verbrechen, um zu schlagen, sondern der Krankheiten, um zu heilen." „Der neue Bund ist euer Schwert, mit dem ihr die Laster der Menschen schlagen sollt, während ihr die Menschen selber liebt." „Ihr aber seid nicht allein Miethlinge, welche Lohn suchen statt des Dienstes, sondern zu Wölfen geworden, tödtet Ihr Eure Schafe zu Eurer Ergötzung."

Um diese Zeit weiter las man wieder eifrig die Apokalypse und die andern prophetischen Bücher. Die an diese anknüpfenden Weissagungen des Abts Joachim machten die Runde. Die Römische Kirche ist die Hure, die mit der Weltmacht buhlt. Wegen der Bosheit der Cleriker und Prälaten, die die Erde verderben, soll ein deutscher Kaiser sich gegen die Römische Kirche erheben und sie wüste machen. Das Reich und die Autorität, zu predigen, soll von den bösen Prälaten genommen und einem Geschlecht gegeben werden, das Frucht bringt. Auf den Kaiser wandten sich die Blicke. Wir werden das später noch sich wiederholen sehen.

Nach dem Vorbild der Armuth und Entsagung der ersten Christen hatte Franz von Assisi eine Reformation der Mönchsorden und mittelbar durch sie der Kirche versucht. Allein bald hatten laxere Grundsätze sich Bahn gebrochen. Der strengere Theil sonderte sich ab, und bildete einen eig-

---

1) In ps. qui habitat. Sermo VI. opp. T. II. p. 139 ed. Venet. — 2) Sermo de convers. ad cleric. p. 104 h. — 3) I. miscell. I, 49 opp. tom. III. Rothomag. Joh. Berthelin. 1648.

nen Orden, der den Sturz des kirchlichen Formeln- und Heuchelthums und ein Reich des Geistes und der Wahrheit erwartete. Schon Alexander IV. hatte sie verdammt, Cölestin IV. wieder concessionirt, endlich wurden sie von Bonifaz VIII als Ketzer und Schismatiker verfolgt.

Nun begann der Skandal der Avignon'schen Päbste. Die Kaiser vom Habsburg'schen Hause ohne alle grosse ideale Anlage, rein praktischer Nüchternheit, unter engherzigen, bald egoistischen Interessen vergassen ihre universelle Mission. Der masslose Bonifaz VIII. ward vom Philipp dem Schönen mit frecher Hand gefangen gesetzt und starb, zwar befreit, an der Alteration. Nach Benedict's XI. Tode bestieg die Creatur Philipp's, Clemens V., den päbstlichen Stuhl.

Um diese Zeit, um den Anfang des 14. Jahrhunderts bildete sich im südlichen und westlichen Deutschland, der immer mehr anwachsenden Noth der Gesellschaft zu steuern, der Verein der „Gottesfreunde“[1]). An seiner Spitze stand ein Laie Nikolaus von Basel, ein grosser Welt und Lust verachtender Charakter. Priester und Laien schlossen sich an, in dem Verein selbst waren diese Unterschiede ohne Consequenzen, die Mitglieder waren als in Gott Lebendige alle Priester. Von denen die sich anschlossen, waren berühmt vor allem Johannes Tauler, jener geistvolle Priester, der dem Nikolaus seine Bekehrung dankte, Ruolman Merswin, Heinrich von Nördlingen, Heinrich Suso, Joh. Ruysbroek. Vorher schon war philosophisch diese Geistesrichtung durch den Meister Ekhart begründet worden. Diese Richtung war die Mystik. Die Mystik ist der Geist des katholischen Christenthums. Allein sie ist ihrer Tendenz nach trotzdem im Allgemeinen älter als das Christenthum. Ihre Spuren verlieren sich in das Uralter der Menschheit. Da wo die Reflexion hindurchbrach aus der

1) Vgl. Schmidt. Joh. Tauler Hamb. 1841. — Ders., die Gottesfreunde. Jena 1854.

Schale der natürlichen Unmittelbarkeit, beging die Mystik die Feiern der religiösen Abstraktion und ward das Allerheiligste der Religion, das Mysterium derselben. Ein Ausblick in die Geschichte zeigt sie uns in den priesterlichen Systemen der Inder und der Aegypter[1]), dann in Heraclit, Empedocles, Pythagoras, in den griechischen Mysterien, in schönster Blüthe und Reife in Plato, Philo, den Neuplatonikern allen. Das Christenthum entwickelte in diesen Formen seinen eigenthümlichen Geist, und füllte die abstrakten Formen mit seinem concreten Leben. Wir finden die Mystik wieder bei Clemens und Origenes, bei Gregor von Nazianz und von Nyssa, bei Augustin, bei Boethius — weiter bei dem Areopagiten, bei Skotus Erigena, Bernhard und dem Viktorinern, bei Bonaventura, selbst bei dem Thomas von Aquino bricht sie durch, bei den vorgenannten deutschen Mystikern, später endlich noch bei Joh. Gerson und Nikolaus von Cusa. Ich kann mich hier auf den Anfang zu meinen „Grundlehren der philosophischen Wissenschaft" berufen, in dem ich diese Folge ausführlich nachgewiesen habe. Weiteres auch im Verlaufe dieses Buches. Betreffend das wahre Verhältniss der vorchristlichen Mystik zum Christenthum habe ich mich ebendort ausgesprochen, sowie auch unten am Schluss des ersten Theils davon die Rede sein wird.

Der Mystizismus ist jene Innerlichkeit und Unmittelbarkeit des Geistes, durch die der Geist das Absolute und die Prinzipien des Daseins, das Wesen und die Wesenheiten der Dinge unmittelbar in ihnen wesentlich anschaut, und in und aus ihnen selbst ihre Entwicklungen in die Dinge gewinnt.

---

1) Vgl. Uhlemann Hdb. der ägypt. Alterthumskunde Th. IV. Todtenbuch c. 12. „Vereinige mich mit dir, dass ich schaue dein Sonnenlicht, König des Weltalls" c. 21. „Du vereinigst dich mit mir, du erleuchtest die, die mit dir vereinigt sind."

Da aber das Absolute das ist, dass sein Wesen zugleich sein Grund, seine Nothwendigkeit, sein Beweis ist, da Es an sich schlechthin nothwendig und gültig ist, und da die Prinzipien des Daseins an dieser unmittelbaren Evidenz seiner Natur theilnehmen, so ist solche Anschauung, ob zwar eine reale und in sofern empirische, doch in Wahrheit eine philosophische, ja der philosophische Centralakt selber, und von einer siegreichen Klarheit und Gewissheit durchdrungen. Es ist diese Anschaung (contemplatio, θεωρία) mehr als der Glaube. Denn der Glaube ist nur Annehmen eines Abwesenden, Sehen durch den Spiegel im Räthsel — diese Anschauung ist Sehen von Angesicht zu Angesicht, eine Anticipation der ewigen Seligkeit[1]). Als philosophischer Centralakt, wie wir uns ausdrückten, wird sie schon von Plato gepriesen. Richard v. St. Viktor drückt sich deutlich über sie aus: „Der Anschauung gehört es zu, das Evidente (perspicua) zu bewundern, sie ist die Bewunderung der evidenten Wahrheit[2]).“ „Der Contemplirende sieht in Gott die Ordnung der Welt, er sieht die Dinge typisch, in ihren Gattungen und Arten, ihrem eigenthümlichen Wesen[3]).“ „Der intellektuelle Sinn erfasst das Unsichtbare, unsichtbar zwar aber in den Kräften und im Wesen (sed potentialiter et essentialiter)“[4]).

Bemerkenswerth ist, dass die Mystik überall auf ekstatische Zustände hinausläuft. Was die indische Mystik betrifft, so hat Windischmann deren ekstatischen Charakter

1) So Hugo de St. Victore summa sentent. I, 1. 2. opp. tom. III. vgl. Thomas ab Aquino Summa theol. p. II. qu. 3. a. 8. Ultima et perfecta beatitudo non potest esse nisi in visione divinae essentiae. qu. 5. a. 6. Beatitudo est quoddam bonum excedens naturam creatam sicut suscitatio mortui, illuminatio coeci. Diese extreme Zusammenstellung ist wieder ganz scholastisch. — 2) de exterm. mali et prom. boni II, 15. opp. ed. Jean Petit. Paris 1518. — 3) de erud. hom. inter. II, 13. — 4) de contempl. III, 9.

zur Genüge nachgewiesen [1]). „So lange, reproducirt er nach den Urkunden, die Pforten des Leibes noch offen stehen, und das Herz in den Regionen der Sinne und der äussern Thätigkeiten umkreist, erlangt es seine wesentliche Selbstheit nicht, denn die Aktionen der Sinne stehen alsdann geschieden und vereinzelt. Werden sie aber ins Herz hineingezogen, so gehen sie in die Gemeinschaft, und der Mensch erreicht sich selbst; er ist bei verschlossenen Pforten des Leibes und im tiefen Schlaf innerlich wach, an jedem Tage gelangt das Herz zur Zeit des tiefen seligen Schlafs zu Brama." Und deutlich sagt die Bhagavat-Gita:

„Das für die Wesen alle Nacht, darin wacht, wer bezähmt sich hat;
Worin die Wesen wachen all', ist des schau'nden Einsiedlers Nacht."

In diesem Zustande sistiren die animalen Funktionen, das getheilte und äusserliche Sein und Erkennen hat ein Ende, der Geist wird erhoben in das Eine das alles ist, und ist und sieht durch das Eine alles ungetheilt [2]). Von den Mysterien bezeugt dasselbe Plato, wenn er sagt [3]): dass der Zustand der Geweihten eine Manie sei, welche entsteht, indem der Geist durch einen göttlichen Einfluss von den Gesetzen des materiellen Lebens entbunden wird. Damit stimmen die Beschreibungen auch überein, die wir von den Zuständen der Epopten haben. In einem Fragment des Stobäos heisst es: „Im Tode widerfährt der Seele eben das, was dem in die grossen Mysterien Eingeweihten widerfährt. Zuerst langes Umherirren und beschwerliche Wege und aus einem gewissen Dunkel verdächtige und beschwerliche Bahnen. Hierauf noch vor dem Ende selbst alles Furchtbare, Schauer, Zittern, Angstschweiss und Entsetzen. Aus diesem

---

1) Windischmann, Philosophie im Fortg. der Weltgesch. I 1313 ff. — 2) Bhagavat-Gita übs. von Lorinser. Breslau 1869. S. 36 und not. S. 68 und not. 47. — 3) Plato Phaedr. p. 265.

aber kommt ein wundervolles Licht dem Einzuweihenden entgegen oder glänzende Ebenen oder Auen mit Stimmen und Chortänzen und ehrwürdigen heiligen Lauten und göttlichen Erscheinungen. Worauf der nun ganz Vollendete frei geworden und entlassen gekrönt die geheimnissvolle Feier begeht" [1]). Und Apulejus sagt in den Metamorphosen: „Ich habe mich den Grenzen des Todes genähert. Nachdem ich die Schwelle der Proserpina betreten, bin ich durch alle Elemente durchgegangen und wieder zurückgekommen. Mitten in der Nacht, schien mir die Sonne in einem hellen Licht zu glänzen; ich war in Gegenwart der Götter der Ober- und Unterwelt und habe sie in der Nähe angebetet." Plato, wenn er im Gastmahl seine Diotima sagen lässt: Plötzlich wirst du sehen ein von Natur wunderbares Schöne" spricht nach derselben Richtung seine eigne Tendenz aus. Und so folgt ihm Philo, wenn er sagt: „Nachdem wir zur Occultation der niedern Kräfte gelangt sind, bricht eine Verzückung und göttliche Besessenheit und Raserei hervor [2])." „Die Stimmen der Sinne schweigen, das Sichtbare ruft das Gesicht zu sich, die Stimme das Gehör, der Duft den Geruch, und überhaupt ruft das Sinnliche den Sinn zu sich zurück [3])." „Wenn die Seele rein ist, und ganz in die Vernunft und das wahrhaft Seiende versenkt, sagt Plotin [4]), so wird sie davon so übernommen, dass sie Alles vergisst und auch sich selbst." Jamblich spricht von einer Metastase der Seele [5]). Proklos im Commentar zum Alcibiades sagt, das Programma in Eleusis, die Aufschrift in Delphi

1) Ich will hier eben nicht anticipiren. Aber wer, der das Werk kennt, von dem wir hier handeln wollen, fühlt sich nicht erinnert an die vergeblichen Anstrengungen Dante's in dem ersten Gesang, an das Entsetzen seiner Höllenwanderung, an das io te sopra te corono am Schluss des purgatorio, und an die „geheimnissvolle Feier" im Paradies. — 2) Quis rer. div. haer. 53. — 3) legg. alleg. III, 14. — 4) enn. IV, 4, 1—5. — 5) adhort. ad philos. c. 3.

deuteten hin auf den Weg der Reinigung; wir kennten uns selbst nicht, seien Ungeweihte, Profane, gefesselt von der aus dem Werden entspringenden Vergessenheit." Clemens von Alexandrien führt im 6. Buch seiner Stromata an: „Es muss also der Gnostiker sich entreissen von allem seelischen Pathos, denn die Gnosis wirkt gänzliche Durchübung, diese eine Haltung und Ordnung, solche Ruhe und Stillung aber gänzliche Leidlosigkeit." Und Gregor von Nyssa verlangt, dass die Seele sich vereinfache, und spricht von einer Anticipation der ewigen Seligkeit in der Anschauung Gottes, die den von der Bosheit gereinigten schon in diesem Leben zu Theil werde[1]). „Ein Grosses ist es, sagt Augustin[2]), und gar selten, universam creaturam excedere über alle Creatur hinauszuschreiten und zur unveränderlichen Substanz Gottes zu gelangen und dort zu lernen von ihm selbst." Darauf der heil. Bernhard[3]): „Wer so in der Liebe Gottes ergötzt wird, erleidet oft einen Excess des Geistes, wird von allem Gegenwärtigen und Irdischen in die Gegenwart Gottes entrückt, und indem er Seine Schönheit betrachtet, wird er von der Grösse derselben geschlagen, ganz in die Bewunderung derselben verzückt." Richard von St. Viktor sagt[4]): „Wenn das Gemüth in der reinen Intelligenz über sich selbst hinausschreitet, in diesem Excess des Geistes (mens) wird der Friede gefunden, der nicht gestört wird, nicht durch den Sturm der Gedanken, nicht durch Wünsche und Abneigungen. Da liegt der Körper ohne Bewegung und Empfindung wie todt; nichts treibt die Sinnlichkeit, nichts

1) de anim et resurr. p. 202. 254. — 2) de civ. Dei XI, 2. conf. confess. IX, 10: Ascendebamus interius cogitando et loquendo et mirando opera tua, et venimus in mentes nostras, et transcendimus eas, ut adtingeremus regionem, ubi vita sapientiae est. Talis est sempiterna vita, qualis fuit hoc momentum intelligentiae — ein eternal moment, sagt Shakespeare. — 3) de interiori domo c. 18. — 4) de exterm. mali et prom. boni III, 8.

die Vorstellungskraft (imaginatio, die φαντασία der Alten) und alle untern (vegetativen) Kräfte der Seele (die φύσις der Alten) versehen unterdessen ihren Dienst. Die natürliche Seele bleibt unten, der Geist (spiritus) steigt auf die Höhen. Hier bedarf der Geist keines sinnlichen Bildes, wo er sieht von Angesicht zu Angesicht, nicht durch einen Spiegel und im Räthsel." „Unser Geist sagt Bonaventura, wird mit einer gewissen gelehrten Unwissenheit über sich selbst entrückt in Finsterniss und Ueberschwang[1])." „Wenn er in diesem Ueberschreiten vollkommen ist, so müssen alle intellektuelle Funktionen verlassen werden[2])." „Ekstase ist mit Verlassen des äusseren Menschen eine Erhebung über sich selbst[3])." Und Meister Ekhart[4]): „Nun sollst du wissen, dass ein jeglicher Mensch, der Gott minnet, die Kräfte der Seele im äussern Menschen nicht mehr gebraucht, als die fünf Sinne zur Noth bedürfen, und die Inwendigkeit kehrt sich nicht zu den fünf Sinnen, denn so fern sie ein Weiser und Leiter ist der fünf Sinne und ihrer hütet, dass sie nicht ihres Gegenwurfs nach Weise des Viehs gebrauchen. Und soviel die Seele Kräfte hat über die, die sie den fünf Sinnen giebt, die Kräfte giebt sie alle dem innern Menschen, und so der etwa einen hohen edlen Gegenwurf hat, so zieht sie alle die Kräfte an sich, die sie den fünf Sinnen geliehen hat, und heisst der Mensch sinnlos und verzückt, denn sein Gegenwurf ist ein unvernünftig Bild oder ein Vernünftiges ohne Bild" (das intelligible Wesen). Im Anschluss daran spielen aber auch besondere und eigentliche Träume und Gesichte hie und da eine Rolle, und von den Gottesfreunden z. B. wurde, wie uns berichtet wird, auf diese ein grosser Werth gelegt. Endlich Gerson: „Die Ekstase geschieht im ledigen Geiste, und schwächt nicht nur

1) Breviloq. c. 6. — 2) Itinerar. ment. ad Deum c. 7. — 3) de septem gradibus contemplationis. — 4) tract. IX, ed. Pfeiffer. S. 488 f.

die Thätigkeiten der untern Kräfte, sondern hebt sie von Grund aus auf, so lange sie währt. Es ist also die Ekstase eine Entrückung des Geistes mit Aufhören aller Operationen in den untern Kräften[1])." Und das ist die höchste Staffel, zu der der Mensch durch die Vorstufen der Cogitation und Meditation hinaufsteigt, die Contemplation, die mit der Liebe wesentlich Eins ist, die Seligkeit.

Der Gegner der „Mystik" ist die Scholastik, wie dem Idealismus Plato's der Formalismus und Rationalismus des Aristoteles entgegenstand. Die Scholastik betont die mittelbare Erkenntniss, die Erkenntniss Gottes aus seinen Werken, des Wesens aus der Erscheinung, der Ursache aus der Wirkung. Und wenn sie auch zugiebt, dass diese Erkenntniss nicht erklärt, was Gott an sich ist, sondern nur was Gott verhältnissmässig ist im Vergleich zu den Creaturen — und wenn sie zwar zugiebt, dass eine Erkenntniss Gottes in Gott durch göttliche Hülfe möglich, so schiebt sie diese doch entweder hinaus in die Himmelsweite eines Wunders, so an ausserordentlichen Personen geschehen, oder sie ist doch eifrig beflissen, sie zu beschränken und einzuengen[2]). Die Mystik verwirft diese Art zu erkennen gänzlich, der philosophische Centralakt ist ihr das (ekstatische) Schauen des Wesens in ihm selbst. Diese adaequate Erkenntniss der Quidditát ersetzt sich die Scholastik durch die Autorität, welche die Offenbarung darreicht, und sie subjektiv im Glauben begründet. Die ausgebildete Scholastik hat strenge genommen zu Gott und Göttlichem nur ein äusseres, und in Vermittlungen sich bewegendes Verhältniss, während die Mystik ein unmittelbares wesentliches und lebendiges nimmt. Die Scholastik construirt demgemäss das äusserlich Gegebene durch einen Schematismus abgezogener Formeln. So meint

---

1) de myst. theol. c. 36. — 2) Diese Züge finden wir schon bei Thomas von Aquino figuriren. Doch kommt der wahre Charakter der Scholastik erst in seinen Nachfolgern zu Tage.

sie das Wesen einer Sache hinreichend ausgedrückt zu haben, wenn sie dieselbe als Materie und Form, Substanz oder Accidenz und dergl. bezeichnet; bei diesem bequemen Mechanismus ist sie bald mit einem Problem fertig. Die Mystik giebt der Sache aus der Sache den eigenthümlichen Ausdruck, und bringt Jedes in seiner vernünftigen und lebendigen Spezifität zu Tage. Die Scholastik handelt mit Begriffen, die Mystik mit Ideen, jene durch den Verstand, diese durch die Vernunft, jene mechanisch, diese organisch. Daher ist auch der Scholastik das Absolute der actus purissimus des Begriffe (*λόγοι*) bildendenden Verstandes — während es der Mystik (— die grade *τὸν λογισμὸν καὶ τὸ περὶ αὐτὸν σκότος*, den verständigen Gedanken und die Finsterniss, die bei ihm ist, wie Philo sagt, latent werden lassen will) die absolute Identität ist, welche als der erste Grund alles schlechthin Nothwendigen sich differenzirend die absolute Vernunft, die mit dem Wesen, wie mit der Vielheit der Ideen noch identische trennungs- und gegensatzlose Intelligenz, und in und durch sie den Organismus des Alls hervorbringt. Und die Mystik ist sich dieses Gegensatzes auch nicht unbewusst gewesen, da wo er eben scharf und in reiner Ausbildung ihr entgegentrat. „Da ich zu Paris predigte, sagt Meister Ekhart[1]), so sprach ich und ich darf es wohl sagen: Alle die von Paris sind, mögen es nicht begreifen, mit allen ihren Künsten, was Gott sei in der mindesten Creatur.“ Und Tauler[2]): „So schweige denn von deinen alten Heiden, es leben ja noch die neuen, und wir kennen sie als folgsame Nachbeter der alten: sie sind gar behende und vorschnelle Sprecher, zierliche Redekünstler, denen für jede Sache die Worte zu Gebote stehen; denn Worte und gewisse Formen vertreten auch bei ihnen wie bei jenen die Wahrheit (die

---

1) Predigt 51. — 2) Nachf. des arm. Lebens Christi übs. v. Casseder II § 47.

Sache). Ihre besondere Stärke beweisen sie in der Fertigkeit Alles und Jedes zu zergliedern, abzutheilen, zu unterscheiden, und wie sie sagen, zu ordnen". In der That eine treffende Charakteristik. Aber schon Richard deutet den Gegensatz an, wenn er sagt[1]: „Und siehe, wie viele, die früher arbeiteten in der Werkstatt des Aristoteles, lernen jetzt nach heilsamerem Schlusse zu prägen in der Werkstatt des Heilandes". Und so führt schliesslich auch Gerson den Vorzug der mystischen Weisheit vor der Scholastik in verschiedenen Hinsichten aus.

Bei der Veräusserlichung, der die Kirche nun allgemein unterlag, war die Scholastik dem herrschenden Geist oder Ungeist durchaus angemessen, sie wurde die eigentliche kirchliche offizielle Wissenschaft. Wir sehen, wie weit die Kirche abgewichen war von ihrem genuinen Geiste, wie er lebte in den Kirchenvätern, im Areopagiten. Nichts war mehr der Geist, keine Beziehung war mehr des Bildes zum Wesen — Alles war die Form, Alles die Formel.

Dagegen nun ward die Mystik die Pflegstätte alles innerlichen Lebens, und verwies die Kirche auf das wahre Ziel, zu dem sie hinaufführen sollte, die Unmittelbarkeit des Wesens, die freie Gemeinschaft und Gemeinde in Gott. Es ist durchaus irrthümlich, wenn man diese Bewegung unter die häretischen, selbst auch auf verhältnissmässig einen Ehrenplatz wie bei den Waldensern rangirt. Es lag das durchaus ausserhalb der wesentlichen Tendenz derselben. Sie waren nicht gesandt, aufzulösen, sondern zu erfüllen — die wahren Zwecke, den wahren Inhalt dieser Formen darzustellen. Unerbittlich gegen Missbräuche und Missbrauchende sind alle diese Mystiker doch voll Ehrfurcht vor der Kirche und dem kirchlichen Amt und in alle die frommen Bilder und Symbole lassen sie sich demüthig herab, nicht

1) de contempl. II 2.

zwar unterlassend zu zeigen, wohin dieselben als Wegweiser anleiten wollen. Und ebenso sehen wir sie entschieden gegen die Häretiker zeugen, wie z. B. Ruysbroek — gegen eine Sekte der Beguinen. Hier sammelten sich die reformatorischen Kräfte. Es wussten sich die Mystiker als die, die das Original dieses Bildes, die Idee und den Zweck der socialen Anstalten, ihre wesenhafte Wahrheit im Himmel geschaut hatten, als die Propheten der neuen Kirche, und schonungs- und furchtlos folgten sie der innern Stimme und liehen ihr Worte. Sie waren die furchtbarsten Gegner der Hierarchie und hörten nicht auf die politischen Anmassungen und Irrgänge der Päbste zu strafen. „Es waren aber, erzählt eine alte Chronik, Ludolf Prior der Karthaus und Tauler Predigermönch noch im gemeinen Bann. Insbesondere wurden ihnen zwei Artikel als ketzerisch erkannt. Der erste war: nachdem männiglich im Sterbebett von wegen des König Ludwig (des Baiern) noch im grossen Bann war — dass sie ein Schreiben an alle Priester ausliessen, wenn einer seine Sünde beichte und das h. Sakrament begehrte, sollten sie ihm solches reichen und ihn trösten, und mehr auf Christi und der Apostel Wort gehen, als auf den Bann, welcher allein aus Neid und weltlicher Gicht geschehen. Zum andern hatten sie eine Schrift ausgehen lassen: dass zweierlei Schwerter wären, ein geistliches, welches wäre Gottes Wort, das andere die weltliche Obrigkeit, und wären sie beide von Gott, und hätte keins mit dem andern zu thun".

Werfen wir nun noch einen Blick auf die politische Weltlage, wie sie namentlich in Italien sich entwickelt hatte. Bereits seit der Ansiedelung der Longobarden ward, wie Leo in seiner Geschichte von Italien ausführt, der italienische Nationalcharakter fortschreitend einer eingreifenden Umwandlung unterworfen. Die ganze Gesellschaft in Italien bot schliesslich das Bild eines aller heilsamen Ordnung widerstrebenden Auseinanderfahrens der Elemente dar. Jede

Einschränkung hassend strebte das Individuum schrankenlos sich geltend zu machen, ein Streben, das nothwendig auf gewaltsame Unterdrückung der Rechte anderer hinauslaufen muss. Dieses Zerfallen aller Ordnung ward durch jene unselige Politik der Päbste, die Politik des divide et impera, auf das wirksamste befördert. Vor allem erbitterte Feinde der kaiserlichen Obmacht trugen die Päbste nicht wenig zur Untergrabung des kaiserlichen Ansehens bei, und verhinderten in Italien alle dauernde Reorganisation der Verhältnisse.

Allerdings wird der hierarchischen Politik das zweideutige Verdienst zugeschrieben den Nationen und besonders Italien zur nationalen Unabhängigkeit geholfen zu haben. Aber immerhin ist das Verdienst ein sehr zweideutiges, jedes wahrhaft organisch wirkende Band der Nationen gelöst, die geschichtliche Welt atomistisch zersetzt, und Hebammendienste gethan zu haben bei jenem Nationalitätsprinzip, das nicht den Frieden, sondern nun erst eben den Krieg, den tödtlichen, den Vernichtungskrieg bringt, indem es nun nicht mehr allein sich um Eroberung handelt, sondern um Nationalisirung. Schon unter der Herrschaft der salischen Kaiser, welche in den Bewohnern des Landes und Städte ein Gegengewicht anfangs gegen den Adel, von dem sie die Gerichtsbarkeit auf die Bischöfe übertrugen, dann auch gegen diese suchten, bildeten sich in Italien die städtischen Gemeinden zu Freistaaten aus, die bald auch nicht nur die Lehnsleute und freien Leute des Landes, sondern schliesslich auch den mächtigen Adel in ihre Kreise zogen. Von dem Zwist des welfischen Heinrich und des hohenstaufischen Kaisers Friedrich I leiteten sich in Deutschland die Parteien der Welfen und Staufen (Ghibellinen) her. Die Parteinamen wurden von den Italienern adoptirt, aber nahmen einen bedeutungsvollern Inhalt an. Die Ghibellinen wurden hier zwar zuerst die kaiserliche, aber im Grunde zugleich die conservative monarchische Partei; die Guelfen die nationale und demokratische. Der erstern schloss sich vorzugsweise der Adel an; in der letztern dominirte zwar anfangs auch der Adel, jedoch sich schon wesentlich an das Bürgerthum anschliessend, ward er bald von diesem zurückgedrängt, das Bürgerthum mit seinen besondern Interessen ward Partei. So bahnte sich in Italien schon frühzeitig dasjenige Verhältniss an, welches die Signatur der modernen Zeit ist, die Herrschaft des Bürgerthums, des Liberalismus.

Unter solchen Zeitumständen, unter den heftigen Zuckungen einer beginnenden modernen Epoche ward geboren in Florenz und lebte der grösste Italiener und Einer der grössten Menschen aller Zeiten und Nationen — **Dante Alighieri**, und nachdem er in der Philosophie und in aller Kunst und Weisheit sich auf eine vorzügliche Weise ausgebildet, nachdem er in seiner Vaterstadt für die Gerechtigkeit und den Frieden gewirkt, nachdem er verbannt worden war, nachdem er anfangs Guelfe, später, durch bessere Einsicht bezwungen, den Ghibellinen sich angeschlossen, schliesslich „sich selbst Partei" geworden war, während alle Hoffnungen, die er für die Menschheit, für sein Vaterland, für sich hegte, zerscheiterten, schrieb er zum ewigen Vermächtniss und unvergänglichen Denkmal sein erhabenes Gedicht die divina commedia, und legte hier die Ergebnisse nicht nur seiner Erfahrung und seines Nachdenkens, sondern seines äussern und innern Erlebens in einem allegorischen Gewande zur Weisung für die Verständigen nieder.

ERSTER THEIL.

DANTE'S WELTANSCHAUUNG.

Die göttliche Komödie ist gewissermassen das Ergebniss aller Conceptionen des Mittelalters; jede der Conceptionen aber wiederum das Ergebniss einer langen und mühevollen Forschung, welche sich durch die christliche, arabische, alexandrinische, lateinische und griechische Schule hinzieht und im Heiligthum des Orients ihren Anfang genommen hat. Es wäre wichtig, die lange Geschlechtsfolge aufzuzählen.

Ozanam, Dante oder die katholische Philosophie des XIII. Jahrh., in d. Vorrede.

ERSTES KAPITEL.

DANTE — EIN MYSTIKER.

Wenn nicht uns der Augenschein davon belehrte, dass die divina commedia ein allegorisches Gedicht sei, so würden wir es von dem Dichter selbst erfahren können. In dem Widmungsschreiben an seinen Gönner und Freund den Can Grande spricht er sich nämlich so aus: „Der Sinn dieses Werkes ist nicht einfach, das Werk ist vielsinnig. Denn der erste Sinn ist der buchstäbliche, der zweite aber der allegorische oder mystische. Nach dem allegorischen Sinn ist der Gegenstand der Mensch, sofern er durch sein Verdienen oder Verschulden der göttlichen lohnenden oder strafenden Gerechtigkeit unterliegt". Dahin geht auch die Erklärung des Giacopo Dante, eines Sohnes des Dichters: „Die Hauptabsicht des Dichters ist unter allegorischer Farbe die drei Qualitäten des Menschengeschlechts darzustellen". Nach ihm betrachtet er unter dem Namen der Hölle das Laster, unter dem Namen des Purgatoriums die Reinigung, unter dem Namen des Paradieses die vollendete Tugend. Diese Erklärung wird mit andern Worten von zwei alten Commentatoren Benvenuto d'Imola und Giacopo della Lana wiederholt[1]). Der geistreiche Abeken sagt[2]): „Sind allegorisch genommen nicht Hölle, Fegefeuer, Himmel die

1) Siehe bei Ozanam, Dante. In's Deutsche übs. Münster, Deiters. S. 61. 62. — 2) Abeken. Beiträge f. d. Studium der G. K. S. 129.

eigentlichen Gegenstände des Gedichts, sondern der Mensch und zwar der Mensch hier auf Erden, so müssen wir in den drei Theilen desselben Hölle, Fegefeuer, Himmel suchen, insofern der sündige, büssende und heilige Mensch diese in sich selbst hat". Das ist richtig. Nur nehme man hinzu, dass der Zustand nach dem Tode nur die Fortsetzung oder näher die völlige Enthüllung und Endbindung der Zustände des innern Menschen ist, wie auch Benvenuto d'Imola andeutet. Hölle, Fegefeuer, Himmel sind überhaupt nicht ein Raum, räumlicher Bezirk, irgendwo in der Welt, sondern sie sind Zustände der Seele, in Wahrheit selbst die „drei Qualitäten" (Willens- und Lebensformen) des Geistes oder des innern Menschen. Was Einer dem Wesen nach ist, insofern ist er hier oder dort, ein Theil dieses oder jenes Daseins, dieser oder jener Natur. „Hölle, sagt Meister Ekhart im 6. Traktat, ist nichts denn ein Wesen. Was hier euer Wesen ist, das soll ewig euer Wesen sein". Das Wesen, die Seele und ihre herrschende Neigung ist überhaupt das Ewige. Jeder Mensch also, je nachdem er im Wesen ist, ist also schon hier in Hölle, Fegefeuer oder Himmel, dieses sind die drei allgemeinen Grundformationen seines Willens und Lebens, seines sittlichen und empfindlichen Zustandes. Jeder constitutive Zustand des innern Menschen ist überhaupt ein Jenseitiges, in diesem Zustand ist er in lebendigem organisch-wesentlichem Connex mit allem jenseitigen und ewigen Dasein, und wer den Zustand des innern Menschen auf eine reale Weise sieht, einsieht und durchsieht, der sieht nicht nur Hölle, Fegefeuer und Himmel in den noch irdisch zeitlich lebenden sich manifestirenden Menschen, sondern schlechthin im All, in den Lebenden und Todten. Es ist das innere wahre, das ewige Gesicht alles Geschichtslebens, das der Dichter, wie es ihm erschienen, „unter allegorischer Farbe" offenbart.

Aber das Gedicht hat keine einseitig theoretische, es

hat eine praktische Tendenz, das spricht der Dichter gleichfalls selbst in dem angeführten Schreiben aus, zugleich in welchem Sinn. Er sagt: „die Tendenz des Ganzen und des Theils — lässt sich kurz mit Ausschluss aller subtilen Unterscheidung sagen — ist die in diesem Leben Lebenden zum Ausgang zu bewegen aus dem Stand des Elends (des Exils) und hinzuleiten zum Stand der Seligkeit“ (removere a statu miseriae et perducere ad statum felicitatis). Durch welches Mittel nun sucht der Dichter diesen Zweck zu erreichen? Antwort: Er schildert innerhalb einer universellen Peripherie seinen eignen Lebensstufengang. Soviel im Allgemeinen. Nun würde es Zeit sein, den Weisungen des Gedichts selbst nachzugehen.

Schön und bezeichnend sagt der Dichter inf. XV. 85, sein Streben sei: sich zu verewigen (s'eternare) — was keineswegs von der literarischen Unsterblichkeit gemeint sein kann, indem die blos literarisch Unsterblichen, von dem Ziel der Wanderung ausgeschlossen in der Vorhölle, unter den Banden der ihrer sinnlichen Lebhaftigkeit entkleideten Zeit schmachten. Deutlicher sagt er purg. V 61 f. er suche von Welt zu Welt den Frieden. Augustin im elften und den folgenden Capiteln des neunzehnten Buchs seiner Schrift „über den Staat Gottes“ sagt: Der Friede sei es, den alle Menschen in allen ihren Arbeiten und Kräften suchen und meinen. Der wahre Friede aber sei der Friede im ewigen Leben. Dieser Friede, wie er in der himmlischen Societät ist, ist „die ordnungsmässigste und einträchtigste Gemeinschaft Gott zu geniessen und uns gegenseitig in Gott“. „Denn auch der mystische Name dieser Societät „Jerusalem“ wird mit „Gesicht des Friedens“ erklärt“. Gott ist das Wesen und die wesentliche Einheit des Ganzen, aller Creaturen. In Ihm daher ist wesentliche Einigung, lebendige organische Eintracht der Creaturen, denen Er jeder nach ihrer Art derselbe ist, als das höchste Gut in der wesentlichen Einheit und Integrität seiner Unendlichkeit. Eben jene Gemeinschaft, jenes „Jerusalem“ ist es, zu dem Dante hinaufstrebt.

Ferner sagt von ihm Virgil purg. I. 7: Er geht die Freiheit suchen, liberta va cercando. Derselbe Augustin sagt im zweiunddreissigsten Capitel des zehnten Buchs: das sei die Religion die den allgemeinen Weg enthalte, die Seele zu befreien. Die Befreiung aber ist ihm identisch mit Reinigung und ihr Ziel Gott zu sehen und mit Ihm in ewiger Gemeinschaft zu sein. Es handelt sich um eine Zerstörung aller endlichen Bezüge und um eine Erhebung und Beherrschung derselben in der Kraft der unendlichen Natur. Tiefer führt Meister Ekhart aus im ersten Traktat: „Die Seele ruht nicht, sie breche sich denn aus Allem, da Gott nicht in ist, und komme in eine göttliche Freiheit, da sie die göttliche Freiheit gebraucht ohne Hinderniss. Das mag sein sofern als sie ewig ist in der unbeweglichen Ewigkeit, die Gott selber ist. Das Ding ist frei, das da an nichts hanget und an dem nichts hanget. Die Seele ist vollkommen frei, die über all das kommen ist, da Gott nicht in ist, denn sie hanget nicht mit Begehrung an dem, das kreatürlich ist, auch hanget sie nicht an ihr selbst, denn sie weiset alle Creaturen zuhand von ihr zu Gott“. Von der Freiheit des Geistes spricht auch Richard von St. Viktor im zweiten Buch der Schrift „von der Contemplation“. Alle Mystik, ja Religion geht aus dem Gedanken hervor, dass nur in dem Besitz und Genuss des Unendlichen die Seele volle Befriedigung schöpft, weil nur das Unendliche in Wahrheit, d. h. nicht in seiner Art, sondern schlechthin vollkommen ist. Aber auch nur im Unendlichen findet sich die Lichthöhe und der Schwebepunkt der Freiheit. Denn während die Seele ausser ihm in den Dingen, an die sie ihre Liebe oder Begierde heftet, beständig veräussert und in ihnen getheilt wird, wird sie nun in den wahren innern absoluten Mittel-

und Quellpunkt erhoben, und in ihm geinnigt und geeinigt. Die Dinge sind nun unter ihr, in ihrer Peripherie; sie beherrscht sie, sie hat, wie der Apostel sagt, als hätte sie nicht. In einem andern Gesichtspunkt lässt sich auch sagen, dass wenn Gott die Wurzel und Fülle aller innern Nothwendigkeit und Gültigkeit, aller Vernünftigkeit ist, mit Gott die Gemeinschaft und organische Unterordnung in Wahrheit befreiend ist, während die Dinge, weil sie als solche an sich, abstrahirt von ihrer ratio und causa, dem Absoluten, zufällig sind, die Seele in Unfreiheit binden. In welchem Sinne auch Goethe seine Iphigenie sagen lässt:

Folgsam fühl' ich meine Seele
Am schönsten frei . . . .

Und das ist durch alle Lebensgebiete der allgemeine Charakter der Freiheit, dass sie sich in die Unterordnung unter die Autorität des schlechthin Gültigen und Nothwendigen, des Vernünftig-Sittlichen ergiebt — sowie auch unter die Individuen, welche jenes vertreten, soweit sie es vertreten, und insofern aufhören Individuen zu sein und allgemeine göttliche Personen werden. Dante in seinem Schreiben an die Florentiner sagt in dieser Hinsicht: „Ihr bemerkt nicht die herrschende Begier, die euch gefangen nimmt im Gesetz der Sünde, und euch verwehrt den allerheiligsten Gesetzen, welche nachahmen das Bild der natürlichen Gerechtigkeit, zu gehorchen: deren Beobachtung zwar, wenn sie freudig, wenn sie frei ist, so wenig Knechtschaft ist, dass es vielmehr klar dem Betrachtenden einleuchtet, wie eben sie die höchste Freiheit ist".

Schon im Inferno canto XV, 91 ff. deutet Dante an, dass sein Bewusstsein von Schlechtem und Gemeinem rein und unbefleckt sei:

Wenn nur mich mein Gewissen nicht entzweiet,
Steh' dem Geschicke ich, wie es auch treibe.
Nicht neu ist meinem Ohre solche Kunde.

So mag sein Rad denn das Geschick nur drehen,
Wie's ihm beliebt.

Durch diese Verse schon scheint mir die etwas plumpe Vorstellung Wegele's [1]), nach welcher der Dichter nach Beatricen's Tode in „sinnliche Verirrungen“ gerathen sei, hinfällig, sowie auch das folgende danach verstanden werden muss. Dennoch nämlich wird er hart von Beatrix gescholten purg. XXXI, 22 ff., worauf er demüthig antwortet:

Die gegenwärt'gen Dinge wandten
Mit ihrer falschen Lustigkeit mir meine Schritte
Sobald sich euer Anblick mir entzogen.

Die Liebe Dante's zur Beatrix war eine durchaus ideale, er liebte in ihr das Ideal, die Schönheit des Ewigen, Transcendenten. In diesem Sinne war es schon eine Abtrünnigkeit, wenn er nach ihrem Tode des Ewigen vergessen, sich ganz den Sorgen und Affekten des Familien- und öffentlichen Lebens, vor allem des letztern, der Staatsverwaltung ergab. So fasst die Sache auch sein Biograph Boccaccio auf. „Indem er nun, sagt dieser, wie die Thränen um den Tod der Beatrix versiegten, seinen Freunden einige Hoffnung für sein Leben gab, sogleich fiel es ihnen in den Sinn, ihm durch Verheirathung mit einem jungen Weibe gänzlich den Kummer zu verjagen, und ohne Zaudern setzten sie ihren Gedanken in's Werk. Wie sehr die Frauen den Studien feindlich sind, kann jeder leicht einsehen. Dazu kam noch eine andere Beschwerde, die Sorge für die Erziehung der Kinder. Es entstand ihm aber davon noch ein Grösseres; denn der hohe Geist, da ihn diese kleinlichen Angelegenheiten ekelten, glaubend sich von ihnen zu erholen, flüchtete zu den öffentlichen Angelegenheiten, in die ihn die eitlen Triebe dermassen verwickelten, dass er ohne nachzudenken, wovon er

---

1) Wegele. Dante Alighieri's Leben u. Werke. 2. Aufl. S. 91 ff.

ausgegangen war und wohin er ging, mit gelösten Zügeln, vergessend der Philosophie, sich mit andern vornehmeren Bürgern ganz der Regierung ergab.“ Hier kann auch herangezogen werden, wenn Dante selbst im Eingang des Convito die Sorge für die Familien- und Staatsangelegenheiten als die ersten Hindernisse anführt, welche die meisten von der Contemplation abhalten. Nun findet er sie dort zwar zu entschuldigen. Allein das ist von dem ganzen Standpunkt dieser Schrift aus gar leicht zu erklären, denn im Convito ist Dante noch eben nicht Mystiker sondern Scholastiker. Leugnet er dort doch geradezu, dass wir einen adäquaten Begriff von Gott erreichen können, und behauptet, dass wir uns der Erkenntniss Gottes nur auf indirektem Wege und mittelbar durch die Wirkungen annähern können[1]). In der göttlichen Komödie ist dagegen die Contemplation und die in ihr sich ergebende Erkenntniss Gottes an und in Ihm selbst grade die religiöse Pflicht und Aufgabe schlechthin. So stellt sich hier Alles ganz anders. Wir haben in Dante einen edlen, fast göttlichen Genius zu erkennen, der in seiner Jugend unbewusst in Betrachtung und Bewunderung des Ewigen glühend, hernach sich abkehrte in die ehrgeizigen Sorgen des irdischen Staates, und hier das Abbild der Ideale in seiner Brust suchend oder herzustellen strebend, überall von den Leidenschaften und Trugkünsten der Sophisten und Demagogen, und von der blinden Erregung und Erregbarkeit der Menge gehemmt und attakirt, satt, müde und ekel zuletzt umwandte, den geraden Weg seiner Jugend zu suchen. „Wenige nämlich, sagt Plato im sechsten Buch seines Staates, die da schmecken und geschmeckt haben, wie süss und selig der Besitz der Philosophie, und gründlich einsehen die Raserei der Menge, und dass Keiner etwas Gesundes in den Angelegenheiten des Staates

1) convito III, 8. 15. IV, 22.

schafft und kein Genosse sich findet, bei dem Einer in gerechten Dingen Beistand findend sich oben halte, sondern wie ein Mensch, der unter wilde Thiere fällt, weder willens mitzufreveln, noch Einer stark genug allen Bestien zu wiederstehen, unterginge, ehe er dem Staate etwas nütze — dies Alles sage ich erwägend, pflegen sie Gelassenheit und schaffen ihre wahren Lebensangelegenheiten, und wie in Sturm und Ungewitter sicher unter Dach um sich sehend das Toben der Ungerechten, freuen sie sich rein von Ungerechtigkeit das diesseitige Leben zu vollbringen und endlich hoffnungsvoll in frommer Heiterkeit abzuscheiden".

Nachdem nun der Dichter durch die Hölle geführt ist, um, wie Virgil inf. XXVIII 48 f. sagt, volle Erfahrung zu gewinnen, tritt er in das Purgatorium ein, um sich zu reinigen und purg. XVI, 31.

schön zurückzukehr'n zu seinem Schöpfer.

Am Schluss des Purgatorium finden wir diese Reinigung vollzogen:

„Ich kehrte wieder aus der heil'gen Welle,
Wiedergeschaffen sowie neue Pflanzen,
Wiedererneuert mit erneuten Blättern,
Rein und geschickt zum Himmel aufzusteigen".

Warum es sich nun im Paradies handelt, das geben sofort im I. Gesang die Verse 64 u. ff. kund. Ihrer Bedeutsamkeit wegen stehen sie hier im Originaltexte:

Beatrice tutta nel eterne ruote
Fissa con gli occhi stava, ed io in lei
Le luce fisse di lassu rimote
Nel suo aspetto tal dentro mi fei,
Qual si fe' Glauco nel gustar dell' erba,
Che' l'fe' consorto in mar degli altri Dei.
Trasumanar significar per verba
Non si poria: pero l' esempio basti
A cui esperienza grazia serba.

Ganz in die ew'gen Kreise mit den Augen
Geheftet stand Beatrix, ich die Lichter
Auf sie geheftet, abgewandt von oben
Verinnigte mich so in ihrem Anblick,
Wie Glaukos ward in dem Genuss des Krautes,
Das ihn den andern Meergöttern gesellte.
Verübermenschlichen durch Worte zeichnen
Vermag man nicht: genug sei drum das Beispiel
Dem, dem Erfahrung Gnade vorbehalten —

Der Ueberschwang entzieht sich dem Begriff, ich führe meinen Fall als Beispiel auf, damit der Leser dadurch gereizt werde sich der Gnade aufzuschliessen. Denn nur, wer es erfahren, versteht es, und nur die Gnade gewährt die Erfahrung. „Niemand, sagt Bonaventura[1]), fasst diesen Grad — das Ueberschreiten durch die ekstatische Liebe — als wer ihn empfängt, denn er ist mehr in der Erfahrung des Affektes als in der Betrachtung der Vernunft." „Allein, sagt Richard von St. Viktor[2]), zu solcher Gnade gelangt der Geist nie durch eignen Fleiss; Gottes Gabe ist es, nicht des Menschen Verdienst. Zu diesem Himmel können die Menschen entrückt werden (rapi possunt). Dieser Himmel ist über der Vernunft." Wir errathen hier, warum sich dieser Zustand nicht durch Worte ausdrücken lässt. Die Vernuft, die ratio (wir würden sagen, der Verstand) als der Meister der Begriffe und der Sprache, oder derjenige Theil der Seele in dem jener bestimmend ist, sind völlig zur Unthätigkeit, zum Schweigen deprimirt, die Seele lebt ganz in der Anschauung. Der Kern der Sache ist in dem trasumanar angedeutet, die menschliche Natur überschreiten, „verübermenschlicht werden" ist „vergöttlicht, vergottet werden," das θεοῦν des Areopagiten. Die Anschauung ist das Feuer der Unsterblichkeit, der Verewigung und Vergottung. In der An-

1) Itinerar. mentis ad Deum c. 4. conf. breviloq. c. 6. — 2) de praep. ad cont. 73. 74.

schauung ist der Schauende der Seher Eins mit dem Geschauten.

Was der erste Gesang als Knospe zeigt, enthüllt der letzte in wundervoller Blüthe:

Mir, da ich so mich näherte dem Ende
Von allen sehnsüchtigen Wünschen, legten
Sich, wie sie mussten, des Verlangens Gluthen.
Lächelnder Miene winkte Bernhard, dass ich
Zur Höhe der Betrachtung lenke; ich doch
War von mir selber so schon wie er wollte.
Denn mein Gesicht, nun klar und heiter worden,
Drang mehr und mehr ein in die Strahlenfluthen
Des hohen Lichts, das wahr ist von sich selber.
Und immer weiter löste sich mein Sehen,
So dass die Worte weichen dem Gesichte,
Weicht das Gedächtniss solchem Uebermasse.
Gleich dem, der ein Gesicht im Schlaf gesehen,
Dem nur der Eindruck nach dem Traum geblieben,
Das Andre findet sich dem Geist nicht wieder —
So ist auch mein Gesicht mir ganz entwichen,
Und einzig triefen nur die Süssigkeiten,
Im Herzen noch, die sich von ihm erzeugten.
So schmilzt der Schnee hin vor der Sonne Gluthen,
So vor dem Wind, auf leichtes Laub gezeichnet,
Zerflatterten die Sprüche der Sibylle.
O höchstes Licht, du über die Begriffe
Der Menschen so erhaben, leih' dem Geiste
Von dem, was dort erscheint, ein wenig wieder:
Und mache meine Zunge so gewaltig,
Dass sie von deiner Herrlichkeit ein Fünklein
Nur hinterlasse dem Geschlecht der Zukunft.
Ja von der Schärfe des lebend'gen Glanzes,
Die da ich ausstand, wär' ich ganz verwirrt,
Hätt' ich die Augen von ihm abgewendet.
Und ich besinne mich, ich ward nur kühner
Darum, so auszuhalten, bis mein Schaun ich
Mit der Unendlichkeiten Kraft vereinte.
O Gnadenüberfluss, durch den zu heften
Mein Aug' zum ew'gen Licht ich mich vermessen,
So dass mein Schaun sich ganz darin verzehrte ...

Des Geistes Schauen wird eins mit dem göttlichen Schaun, ein innerer Theil in ihm. Er schaut Gott in Gott selbst mit dem Auge Gottes. Er schaut Gott als alles Daseins wahres Selbst, als sein eigen und übereigen wahres Selbst. Er ist in diesem Schauen Gott selber, sofern er ein innerer Theil in Gott ist.

Verfolgen wir diesen wichtigen Punkt weiter.

„Es giebt nur eine Stufe — sagt der Sohar, die klassische Urkunde der altjüdischen speculativen Mystik — die erhabener ist als die Furcht, das ist die Liebe. In der Liebe ist das Geheimniss der Gotteseinheit". „In dem Kuss Gottes geschieht die Vereinigung der Seele mit der Substanz ihres Ursprungs. Da können Geschöpf und Schöpfer nicht mehr unterschieden werden, in und mit Gott gebietet die Seele über das Weltall". Die in die Sinnlichkeit verhaftete abstrakte und veräusserte individuelle Selbstheit ist nach der Lehre der Braminen das Geschöpf einer von der absoluten Substanz sich trennenden Bewegung. Sie ist daher als solche wesenlos, nichtig, sie soll daher occultirt, und manifestirt werden was sie war, da sie noch nicht war, die Wurzel und Potenz, die im Absoluten ist, und die das Absolute wie das Absolute sie ist. So heisst es in der Bhagavat-Gita [1]:

> Hier schon gewinnen den Himmel die, deren Geist in der Gleichheit steht;
> Ganz vollkommen und gleich ist Gott, darum ruhen in Gott sie stets.
> Der wahre Yogi steht einsam in sich mit seinem Geist,
> Einheit beseelt, des Sinns Besieger, von nichts bewegt.
> Wer vereinigt sein Inneres stets beherrscht,
> Die höchste Ruhe erreicht er, die da wohnt in mir.

Eben dies ist auch die Lehre der Mysterien, wie ich in

1) Bei Schelling, Philosophie der Mythologie.

meinen „Grundlehren“ nachgewiesen habe. Die Sinnlichkeit ist hier der Kerker, der die Seele zur abstrakten endlichen Selbstheit isolirt. Daher sagt Heraclit[1]) wenn wir sterben, dann lebten wir auf. „Freut Euch, ich steige auf, ein unsterblicher Gott“, singt Empedokles in einem von Plotin citirten Vers. „Es gibt, sagt Philo[2]), einen vollkommneren und reineren Geist, eingeweiht in die grossen Mysterien, der nicht die Ursache aus der Wirkung erkennt, wie den Körper aus dem Schatten, sondern übersteigend das Entstandene eine klare Anschauung des Unentstandenen ergreift, so dass er ihn in sich selbst erfasst und aus ihm seine Erscheinung“. Nach Plotin und den Neuplatonikern spielt die absolute Identität in sich in einer Vielheit, schillert gleichsam, wie sie einfach zugleich sie selbst ist, zugleich in einer Vielheit von Theil-Einheiten, die eben daher nicht von der Identität getrennt, sondern, unterschieden zwar, zugleich in ihr sie selbst sind. Hier ist Theil und Einheit oder Ganzes, aber der Theil ist auch das Ganze, und das Ganze der Theil. Solche mit der Einheit identische Theileinheit ist auch des Menschen eigenstes Wesen. Aber indem dasselbe sich entfernt von dem Absoluten, „in der ersten Anderheit, dem sich selbst gehören wollen“, in diesem vorzeitlichen die Zeit gebärenden Akt wird es diese endliche individuelle Selbstheit. Nun steigt es herab bis zur sinnlichen Verkörperung, und es werden bestimmend und manifestiren sich auf Kosten der göttlichen Natur die Stufenkräfte der Seele, der diskursive Verstand (λόγος, ratio), die Einbildungskraft (φαντασία, imaginatio) und begehrliche Kraft, die sinnliche (animale) und vegetative Kraft. „Die Seele, sagt Plotin am Schluss der letzten (sechsten) Enneade, ist aus Gott und daher liebt sie Gott und sehnt sich nach ihm, mit Gott sich zu vereinigen, gleichsam eine schöne

1) Plutarch. de exilio. 17. — 2) legg. alleg. III, 33.

Jungfräulichkeit mit ehrbarer Liebe rührend, damit sie von Gott schwanger, nicht mehr Schattenbilder, sondern das Wesen der Tugenden erzeuge. Da ist das Leben die Manifestation der geistigen göttlichen Natur. Diese Manifestation zeugt Götter, wenn sie Gott erreicht in einer geheimen und stillen Berührung. Da ist nicht mehr von Schauen die Rede mit Unterscheiden des Geschauten, sondern das Schauende wird selber das Geschaute, wie ein Centrum sich vereinigend mit dem andern, und die abstrakte diskursive Denkthätigkeit wird ganz zurückgelassen. Dann wird nicht mehr die Seele bewegt, nicht Leidenschaft, nicht Begehren ist mehr in ihr, ja weder Verstand, noch eine besondere Kenntniss, ja das Selbst selber nicht, sondern wie entrückt und von Gott völlig besessen ruht sie in sich'rer Zuflucht und in einem stillen und völlig unbeweglichen Zustande. Und ist da ein Ausgang von sich selbst, und eine Aufheiterung, und ein wundersamer Fortschritt, und ein Eifer zu erreichen, und endlich Ruhe. Und wer so Alles übersteigt und die letzte Schauung erreicht hat, der kommt in Wahrheit zu sich selbst; denn bei sich selbst sein und nicht in einem Dinge, das ist in Gott sein". Und anderswo [1]) sagt derselbe: dass die Seele, wenn sie dort hinansteige, Alles vergesse und auch sich selbst. Ihre natürliche Individualität verhalte sich dann ganz als Hyle oder Dynamis, als Basis oder Potenz, und ihre ganze Lebensaktualität sei in der intellektuellen Anschauung. „Verlass, sagt der Areopagit [2]), mein lieber Timotheus, die sinnlichen Wahrnehmungen und Wirksamkeiten des Geistes und alles Sinnliche und Intelligible, und erhebe dich zur Einigung mit dem, der über aller Wesenheit und Erkenntniss ist". „Da, sagt Richard von St. Viktor, wird der körperliche Sinn, da das Gedächtniss des Aeussern, da die menschliche Ver-

1) enn. IV, 4. 2—5. — 2) de myst. theol. I, 1.

nunft (ratio) unterbrochen, wo der Geist (mens) über sich selbst entrückt in das Obere erhoben wird"[1]). „Dann vergessen wir nicht nur dessen, was ausser uns ist, sondern auch dessen, was in uns ist und unser selbst"[2]). Tauler sagt[3]): „In der Verborgenheit wird der geschaffene Geist wieder in seine Ungeschaffenheit gelangen, wo er ewiglich gewesen ist, ehe er geschaffen, und bekennt sich Gott in Gott, und doch in sich selber Creatur und geschaffen. Aber in Gott sind alle Dinge Gott" (d. h. Gott ist selber die Lebenstheile, die er in sich hat, diese sind nicht getrennt und für sich, sondern wesentlich Gott und einander innig und eins, Gott selbst). Meister Ekhart sagt: „der Grund Gottes und der Seele Grund ist Ein Grund", d. h. die einfache Substanz, der Geist der Seele ist eine Potenz im Absoluten[4]). „Darin liegt der Seele Lauterkeit, dass sie geläutert ist, von einem Leben, das getheilt ist, und tritt in ein Leben, das vereint ist, da keine Widersetzungen sind"[5]) . . „eintauscht die ohne Gegensetzung einfältige intelligible Lebenswirklichkeit", wie Jamblich sagt[6]). „Die niedern Kräfte, heisst es bei Ekhart noch[7]), sollen bedeckt (latent) sein, die höchste soll blos und unbedeckt sein". „Und, sagt derselbe noch beschränkend[8]), Gott hat der Seele ein Pünktlein gelassen, damit kehrt sie wieder zu sich selber und findet sich und bekennt sich Creatur". Die niedern Kräfte nämlich, in denen die Seele individuelles Selbst ist, sind nicht aufgehoben, womit eben die Schöpfung aufgehoben und vernichtet würde, sondern nur als Basis müssen sie den Triumph der höchsten göttlichen Kraft tragen. Und wenn dann in den höchsten Entzückungen auch

1) de praep. ad contempl. c. 82. — 2) de contempl. IV, 23. V, 7 sui ipsius oblitus. — 3) Pred. 129. — 4) tract. VI. — 5) Pred. 82. — 6) adhort. ad philos. c. 3. *ἀνταλλάττεσθαι τὴν ἄνευ ἐναντιώσεως ἑνοειδῆ νοερὰν ἐνέργειαν*. — 7) Pred. 90. — 8) tract. II.

das individuelle Selbstgefühl ganz von dem Gottgefühl verzehrt und verschlungen wird, so findet sich die Seele doch immer zurück, und weiss sich in ihrer Einheit auch wieder unterschieden, in ihrer Unendlichkeit auch wieder endlich. Wie Ruysbroek sagt, dieser glühende Prophet der himmlischen ekstatischen Liebe: „Wir müssen mit Gott eins ewig ein andres bleiben“. Da dieser Zustand nur eine Anticipation des jenseitigen Zustandes ist, so dürfen wir auch die Schilderung Bernhards von den Zuständen der Seele im Jenseits hier appliciren. „Wie ein geringfügiger Wassertropfen, sagt er[1]), in vielen Wein gemischt ganz sich selbst zu verlieren scheint, indem er Geruch und Farbe des Weins anzieht: und wie ein Eisen entzündet und glühend dem Feuer gleich wird, und sich ganz der eignen Form entkleidet: und wie die Luft durchgossen vom Sonnenlicht in ebendieselbe Klarheit des Lichts überbildet wird, so dass sie nicht so sehr erleuchtet, als vielmehr selber Licht zu sein scheint, so muss auch in den Heiligen alle menschliche Affektion gleichsam flüssig werden, und sich ganz in Gottes Willen ergiessen. Nicht dass die menschliche Substanz unterginge, sie bleibt, aber in andrer Form, andrer Herrlichkeit, andrer Kraft. Und das ist Vergotten“. Die Sache ist in Kürze die: Die eigentliche transcendente Substanz des Menschen, der Geist, ist ewig in Gott ein innerer Lebenstheil Gottes, in jener wunderbaren Höhe, wo die Mannigfaltigkeit nur ein Farbenspiel in einem Lichtmeer ist, wo der Theil auch zugleich das Ganze ist. Die Seele (in der auch die ratio ist) ist die in der Schöpfung zeitlich gewordene sich individualisirende menschliche Natur. Alle Individualisirung aber ist eine Entäusserung, und die wahre Selbstheit findet der Mensch erst in seiner transcendenten Substanz, im Geiste, und insofern in Gott und der göttlichen

1) de diligendo Deo c. 10.

Substanz wieder. Die Seele soll daher nicht für sich thätig sein, sondern im Geiste; sie soll der Träger und das Instrument des Geistes sein, und sich ganz ihrer Isolirtheit und isolirten Selbstheit, insofern ihre Bedingtheit und Relativität entschlagend, ganz nur Organ des Unbedingten und Absoluten werden.

So darf nun der Dichter im Anfang des XI. Gesangs des paradiso in die triumphirende Worte ausbrechen:

O du der Sterblichen bethörte Sorge,
Wie sehr sind fehlgebaut die Syllogismen,
Die unten dich die Flügel schlagen machen!
Der ging dem Jus nach, der den Aphorismen,
Der lag dem Priesteramt ob und Jener
Regierte durch Gewalt und durch Sophismen,
Der trieb das Rauben, Jener das Gewerbe,
Der mattete sich ab, in Fleischesliebe
Gebannt, und der ergab sich träger Musse,
Indessen ich, gelöst von all dem Tande,
Zum Himmel mich geschwungen mit Beatrix.

Durch einen selbsttrügerischen Wahn werden die Seelen, angethan oben im freien Gottesäther zu schweben, gedrungen, schweren Fluges unten zu flattern. Wie ist der Gedanke so ganz und gar platonisch! Ist nicht hier der Spiegel des Dionysos, die bunte glitzernde Mannigfaltigkeit des Scheins, die eben durch ihre Mannigfaltigkeit und dass sich in dieser die ewigen Wesenheiten abspiegeln, in ihnen ihre farbigen Brechungsbilder haben, die Neigung der Seelen gefangen nimmt, und nun mit der Neigung eben die Seele wie durch eine innere Schwere herabzieht von ihren lichten, leichten Pfaden aus der leichten Einfalt des Lebens, und in den Wechsel des Endlichen, des Substanzlosen, Nichtigen bindet? Wie Dante selbst im convito in einer andern Beziehung ganz dasselbe sagen will, indem es dort heisst[1]), dass wie ein Wanderer in jedem Haus eine Herberge sieht,

1) convito IV, 12.

so unsere pilgernde Seele, das höchste Gut (von Natur) suchend, sehe es in jedem einzelnen Gut (vermöge der relativen Aehnlickeit dieses zu jenem) — ein Gedanke, der sich prägnanter noch im Gedichte selbst, wie wir im 6. Capitel dieses Theils sehen werden, wiederholt.

Merken wir jedoch auf, was Dante hier alles als unter ihm gelassen aufzählt, den richterlichen, den ärztlichen, den priesterlichen Beruf, die Staatsregierung und Politik, den unehrlichen und ehrlichen Erwerb (Raub, Wucher, Handeln, das ganze Werben um Reichthum), ferner die sinnliche (romantische) Liebe, das beatus qui procul negotiis. Also auch das Priesterthum? Allerdings; das kirchliche Amt erscheint dem Mystiker in der Ekstase seiner triumphirenden Vergeistigung eine „Bezeichnung der innern Wahrheit" wie Meister Ekhart sagt — *σκιὰ τῶν μελλόντων*, sagt der Apostel. Und überhaupt alles irdische Leben und Treiben ist nur ein Spiel in der Form und Quantität, — symbolische Handlung ohne substantiellen Werth, „Zeus spielt, indem er die Welt bildet" — sagt der dunkle Philosoph. Demgemäss wird nun die zum Himmel zurückkehrende Seele „Bürgerin einer wahren Stadt" d. h. des obern oder himmlischen Jerusalems, der Gemeinde der Erstgeborenen", Pauli epistola ad Galatos im vierten Capitel, ad Hebraes im zwölften — genannt, und somit Fremdling „Pilgerin" in jedem irdischen kirchlichen und politischen Gemeinwesen, purg. XIII, 94 f.

O, Bruder, jede Seele ist hier Bürg'rin,
Von einer wahren Stadt; du wolltest sagen
Ob sie als Pilgrim in Italien lebte.

Schon Porphyrios, der Neuplatoniker sagt[1]): „Wir gleichen denen die in ein fremdes Volk abgegangen (nach Aegypten, sagt die christliche mystische Symbolik) sind, nicht

1) de abstinentia ab esu anim. I, 30.

allein von ihren heimatlichen Sitten entfremdet, sondern auch aus der Fremde mit fremden Zuständen, Sitten und Gesetzen angefüllt sind." „Die wahre Stadt" ist schon Philo nicht fremd. Häufig nennt er die Welt der Wesenheiten, der Wurzeln der Dinge in Gott, die Gott selber und sie Gott sind, *τὴν νοητὴν πόλιν* die „intelligible Stadt." Augustin, der ein berühmtes Buch über den „Staat Gottes" schrieb, definirt im Handbuch an Laurentius, der Staat Gottes sei die Kirche die theils in den Engeln glorifizirt ist, theils in den Menschen pilgert. Bernhard[1]) sagt von dem Heiligen: „Er wird Bürger sein jenes Staates, dessen Bürger die Engel sind, Gott der Vater der Tempel, der Sohn die Herrlichkeit, der heilige Geist die Liebe .... Eilen wir zur Gemeinde der Engel, zur Lieblichkeit des contemplativen Lebens, damit wir eintreten können in die Kräfte des Herrn." So auch erklärt Hugo[2]): die Contemplativen und Aktiven sind „Jerusalem" und „Zion", die Contemplation ist der Akt des Geistes, der Vernunft (*νοῦς*), in welchem das Schauende Eins ist mit dem Geschauten. Jerusalem ist die Gemeinschaft in Gott, welche zugleich Gott selbst ist, indem die Göttlichen Wesenheiten und Wurzeln der Creaturen, die in Gott und Gott und zugleich das wahre Wesen der Creaturen sind, in diesen, den Creaturen frei, aktualisirt und manifestirt werden, die *ἐνέργεια* der Creaturen werden. Eben jene *νοητὴ πόλις* „intelligible Stadt" wird, wie sich im zweiten Theil ergeben wird, durch die symbolische Figur der Beatrix angezeigt.

Noch fügen wir hinzu purg. XXXII, 101 f.:

Dann wirst du Bürger sein mit mir ohn' Ende
Von dem Rom, nach dem Christus ist ein Römer.

Die römische Kirche ist zwar der Kernpunkt der wahren Kirche gegenüber allen andern kirchlichen Bildungen, jedoch in strenger Gegensetzung und Vergleichung mit dem

---

1) med. devotissim c. 4. — 2) 1. misc. I, 8.

himmlischen Jerusalem aufgefasst ist sie nur Schatten des Wesens. Endlich auch purg. XXXVI, 127 ff., wo die Societät der Heiligen in Gott das Kloster genannt wird, in dem Christus Abt des Collegiums ist. In verwandter Weise nennt Augustin das himmlische Jerusalem illam supernam quodam modo curiam [1]).

Es ist wahr, die Vorstellung einer räumlichen Hölle (resp. Purgatorium, Paradies) sowie materieller Strafen und Strafmittel finden wir sogar bei erleuchteten Männern wie Hugo von St. Viktor und Bernhard von Clairvaux [2]). Allein eben derselbe Hugo hat wieder doch den Ausspruch [3]): „Wenn in geistigen Dingen etwas das Höchste heisst, so wird es damit nicht bezeichnet als gleichsam örtlich über dem Scheitel des Himmels liegend, sondern als das Innigste von Allem (intimum omnium)". Ganz wie Meister Ekhart sagt [4]): „Und wenn ich spreche das Innigste, so meine ich das Höchste, und wenn ich spreche das Höchste, so meine ich das Innigste". Und Bonaventura [5]): „Wir müssen eintreten in unsern Geist, das ist eingehn in die Wahrheit Gottes..." „Die Seele indem sie in sich selbst eintritt, tritt in das heilige Jerusalem ein, wo sie die Ordnungen der Engel betrachtend, in ihnen Gott sieht, die in ihnen wohnend alle ihre Wirkungen wirkt". So ist das Aufsteigen zu Gott nur eine innere Lebenssteigerung oder -potenzirung, eine Wandlung und Erhöhung der Qualität und des innern Zustandes und Verhältnisses. „Nicht mit Schritten des Leibes, sagt Scotus Erigena [6]), entfernt man sich von Gott und nähert sich ihm, sondern mit Affekten des Geistes". Und schon der vorchristliche Mystiker Philo hatte gesagt: „Die wahre Hölle ist das

1) de civ. Dei. X, 7. — 2) Hugo de sacram. opp. tom. III. Bernh. med. devot. 3. — 3) de vanit. mund. 2. opp. t. II. — 4) Pred. 66. — 5) Itinerar. ment. ad Deum c. 1. u. 4. — 6) de divis. natur. V, 6.

Leben des Bösen"[1]). Weniger tief aber ganz unter demselben Gesichtspunkt sagt der Kirchenvater Origenes[2]): „Auch unter der äussersten Finsterniss glaube ich nicht sowohl einen lichtlosen Raum verstehen zu müssen, als vielmehr den Zustand derer, die in die Nacht der tiefsten Unwissenheit versunken sind". Wiewohl unter dieser Unwissenheit etwas andres als blosse brutale Natur zu verstehen ist, sondern vielmehr die Unwissenheit jener Wahrheit, von der es heisst, dass sie frei macht — die unphilosophische Seele in Plato's Sinn, die dem Gesicht der absoluten Wesenheit scheu entfliehend, im Schlamme des Endlichen der materiellen Interessen wühlt.

So sehen wir also die Mystik, wo sie ihrem eignen Geiste folgt, sofort das Märchen des vulgären Glaubens als Bild und Symbol der wahren wesentlichen Verhältnisse fassen und gebrauchen, und so ihre philosophische Natur auf das Schönste verherrlichen. In der That, es ist schon oft gesagt worden und nicht geglaubt, hier ist es mit Händen greiflich bewiesen, dass der Geist der Mystik der Geist der Philosophie ist. Wagt es nur, und seht herab in dem gestohlenen[3]) Flitterputz eurer dürftigen Formeln, in denen ihr den Geist der Welterlösung zu bergen verheisset, mit vornehmen Geberden auf diese erhabenen Gestalten. Ihr glaubt nicht, wie unsäglich lächerlich ihr dem Hellsehenden werdet.

So nun geschehen die Reisen des Dante, ohne dass er leiblich den Ort wechselt; wie und was er auf ihnen erlebt an sich selbst und an Andern, sind innere Zustände, innere Entwicklungsstadien in seinem eignen innern Menschen und

---

1) de congr. quaer. erud. — 2) de princ. II, 10, 8. — 3) Clemens von Alexandrien berichtet Strom. VI p. 453 ed. Sylburg, viele Platoniker hätten Schriften herausgegeben, in denen nachgewiesen sei, dass sowohl die Stoiker, als Aristoteles die meisten und wesentlichen Lehrsätze von Plato entnommen, oder wie Cl. sagt, gestohlen hätten.

im innern geistigen All, mit dem jener correspondirt. Noch bei lebendigem Leibe fährt er hinunter in die Hölle, hinauf zum Himmel. Denn weder Himmel noch Hölle sind hie oder da, sie sind inwendig in uns, überall und doch nirgends, denn sie sind ein Geist und ein Wesen. Thue (um im Geiste der Mystik zu reden) ab von dir die Gewohnheit der Reproduktion sinnlicher Bilder, und lerne, dass der Geist und das Wesen eben das ist, dass es nicht quantitativ, nicht räumlich, nicht local ist. Es ist nicht ein Raum, sondern es setzt den Raum, und Raum und Räumlichkeit sind eben die Erscheinung. Wo ist Gott? Gott ist in mir. Ganz recht. Ist Gott in dir etwa in deinem Herzen wie ein schwebender mathematischer Punkt? Thor, der du bist, deine Erkenntniss vergiftend mit der todten sinnlichen Einbildung. In deinem Empfinden ist Gott, in deinem Wollen und Sinnen in deinem Gewissen, in deinem Charakter, wenn er göttlich ist, denn nicht quantitativ räumlich ist Gott in dir, sondern qualitativ, gleichsam in deiner Qualität und ihren qualitativen intensiven Bewegungen. In der Freiheit und dem Frieden deines gereinigten und erleuchteten Gewissens, da ist Gott immer in dir, wie in dem Zweige ist der Stamm und die Wurzel. Also gehe hin, und suche Gott in dir selbst, in deinem Charakter in deinen Neigungen und Tendenzen; reinige deinen Willen und deine Gedanken, und mit und in der göttlichen Gestalt derselben wird Gott selbst und das Bewusstsein des gegenwärtigen Gottes immer klarer hervorbrechen. Das ist das einzige Antidot gegen alle Zweifel und Bangigkeit, in besonnener Ruhe gut — göttlich zu sein. Es hilft sonst weder Dogma noch Demonstration.

Das Motto unsres Gedichts lässt sich in einem Ausspruch Richard's von St. Viktor finden, welcher sagt: „Der Contemplirende sehe in Gott die ganze Ordnung der Wesen, er sehe, wie die Einen zur Hölle, die Andern zum Himmel, die Andern durch das Fegefeuer zum Himmel wandern, das Alles sehe er in seinen Gattungen und Arten, in seiner eigenthümlichen Wesenheit (in suis generibus speciebusque in propria essentia"[1]). Es ist das ein ekstatischer Vorgang gleich dem des Apostel Paulus, der bekennt, im Leibe und Leibesleben in den „dritten Himmel" verzückt gewesen zu sein. In einem analogen Zustand vollzieht der Dichter seine Wanderung. Er sagt es selber inferno II, 28 f. und parad. I, 73 f. Ist denn darum dieser Zustand ein so fernes, fremdes, so alle Norm und Natur überschreitend wie nach dem Aquinaten die Auferweckung eines Todten? Keineswegs! Nicht durch unnatürliche Gewalt versetzen sich diese Männer in krankhaften Krampf, es ist hier nur die Höhe der Betrachtung gemeint, das typische Gesicht, das dem Erkennenden, und dem, der nicht ungewohnt ist, in sich, in seiner moralischen Natur getrennt von sinnlichen Bezügen allein zu sein, aufgeht; es ist die Höhe und die Frucht der Sammlung und Verinnigung der frommen, erkennenden, in sich selbst zurückgezogenen Betrachtung. Aber eben auf dieser Höhe geschieht nicht ein abgezogenes Spiegeln, nicht ein Umtreiben in der bildlichen Vorstellung, sondern ein Berühren und Umgehen mit der concreten Wesenheit selber. Es ist ein Erleben.

Was wir also in dem Gedichte vor uns haben, ist nicht ein kluges Märchen, das der Dichter an der Hand des Dogma ersonnen, um seine politischen religiös-moralischen und wissenschaftlichen Meinungen in einem durch erhabene Schönheit anziehenden Gemälde auf den Markt und an den Mann zu bringen. Die Figuren, die Landschaft, die Situationen, das Drama auf der Bühne, allerdings das alles ist Geschöpf der Phantasie des Dichters; aber was es bedeutet, die geistige Wahrheit, die es anzeigt (σημαίνει[2]), der

1) de erud. hom. inter. II, 13. — 2) Nach dem Heraklitischen οὔτε λέγειν οὔτε κρύπτειν ἀλλὰ σημαίνειν bei dem Autor des Buchs de myst. Aegypt. III, 16.

innere Lebensentwicklungsgang und seine Phasen, die Erfahrungen, die sich in ihm ergeben, alles das ist wahrer selbsterlebter Ernst.

In den Geschichten der „Aufklärung“ der „Civilisation“, mit denen namentlich ein ganz in die materiellen Interessen verwickeltes Volk ein so zu allem idealen Aufschwung unfähig gewordenes Volk, dass ihm selbst die Philosophie lediglich zur Technik der Natur wird, den literarischen Weltmarkt besetzt, wird die Wegschaffung einer materiellen Vorstellung von jenseitiger Bestrafung Belohnung, (schliesslich überhaupt jeder solchen Vorstellung) als ein Verdienst der Aufklärung des Liberalismus gepriesen. Allein alles, was die ordinäre Vorstellung von Verhältnissen des Geistes und der geistigen Welt enthält, ist, ganz historisch betrachtet, nur ein Gleichniss, das von jener (der ordinären Vorstellung) wörtlich genommen ward. Es war Brauch bei den Alten, die Wahrheit nur denjenigen mitzutheilen, welche sie liebten und durch Liebe geschärfte Sinne besassen. Der Mysticismus hat seit langen Zeiten die Wahrheit in seinem Besitz, aber indem er die Wahrheit nicht der Oeffentlichkeit gab in ihrer Nackheit, sondern im Bilde, weiss die ordinäre Vorstellung aus solchen Bildern anders nichts zu machen, als entweder sie plump wörtlich zu nehmen, oder kurzweg zu negiren. Jenes ist die Religion des Pöbels, der Aberglaube — dieses die Aufklärung. Beide befinden sich mit einander in einer und derselben Region. Sie beide gehören, wie Plato sagt, zu jenen von den Musen ganz und gar verlassenen Menschen, die nichts glauben, als was sie greiflich anfassen können, und nichts hören mögen von dem Unsichtbaren, eben als sei es nicht.

Und nicht von sich selber bekennt Dante zu sprechen; als einen Propheten giebt er sich, der die innerlichen Einflüsse der Gottheit in Zeichen und Worte figurirt von sich giebt. Purg. XIV, 52 f.,

Ich bin so Einer,
Dass wenn die Liebe haucht, ich's merke, und der Weise,
Wie's innen sie diktirt, den Ausdruck gebe.

Im Eingang des paradiso canto I, 19 ff. ruft er die göttliche Kraft an, ihn zu inspiriren. Er nennt „Apollo", aber versteht ohne allen Zweifel ein ganz Anderes[1]), als die profanen Dichter in Nachbildung classischer Vorbilder:

Dring' ein in mich und hauch', wie einst du zogest
Den Marsias aus seiner Glieder Scheide.
Göttliche Tugend, wolle dich mir leihen,
So dass den Schattenriss des heil'gen Reiches
Ich, wie im Haupt gezeichnet, offenbare.

Dieses Gebet entspricht dem im letzten Gesang enthaltenen:

O höchstes Licht, du über die Begriffe
Der Menschen so erhaben, leih' dem Geiste
Von dem, was dort erscheint, ein wenig wieder.

Himmel und Erde, sagt er parad. XXV, 1 ff. haben an dem „heiligen" Gedicht gearbeitet und mich auf lange Zeit mager gemacht. Es ist nicht nur eine intellektuelle, es ist eine moralische und asketische Anstrengung unter welcher das Gedicht entstanden ist. Ja, er legt sich eine spezielle Mission bei. Schon aus inferno II 31ff. geht das deutlichst hervor. Und parad. XXVII, 64 f. gebietet ihm Petrus, der Fels, auf dem die Kirche ruht, geradezu, nichts von dem zu verhehlen, was er von ihm gehört, und XVII, 127 f. sein Vorfahr Cacciaguida: Tutta tua vision fa manifesta „Ganz mache offenkundig dein Gesichte."

Bonaventura sagt im Itinerarium mentis[2]), die Theologie habe eine dreifache Weise, eine symbolische eigentliche und mystische; die symbolische gebrauche das Sinnliche, als Bild des Uebersinnlichen, die eigentliche behandle das Gei-

---

1) vgl. Epist. XI, 31 opp. minori di Dante con illustrazioni di Pietro Fraticelli. Fiorenze 1862, vol. III. — 2) prooem. § 5.

stige, soweit es den Begriffen fassbar, in der mystischen würden wir entrückt zu den übergeistigen Ekstasen. Anderswo im „Breviloquium“ spricht er von der Auslegung der heiligen Schrift und sagt: die Tiefe der heiligen Schrift bestehe in der Vielfältigkeit ihres mystischen Verstandes; denn ausser dem buchstäblichen Sinn könne sie in verschiedenen Stellen auf dreifache Weise ausgelegt werden, nämlich allegorisch, moralisch und anagogisch. Allegorie sei, wenn für ein Faktum ein anderes stehe; Tropologie, (sive moralitas) wenn durch ein Geschehenes angezeigt wird, was geschehen soll; Anagogie, wenn das zu verstehen gegeben wird, was ersehnt werden soll, die ewige Seligkeit. Dante, im Eingang des zweiten Buchs des Convito dehnt eben dasselbe Princip auf alle Schriftwerke überhaupt aus. In seinem Brief an den Can Grande, sagt er, wie wir sahen, der Sinn des Gedichts sei buchstäblich und allegorisch zu nehmen. Im weitern Verlauf aber unterscheidet er in dem allegorischen Sinn wieder einen dreifachen, nämlich den proprie allegorischen, den moralischen und den anagogischen. Er vindicirt also dieses Princip auch seinem Gedicht. Das wird ferner im Gedicht selbst gesagt in den Worten der Beatrix parad. IV, 40 ff.: Die Gestalten der Seligen zeigen sich in den planetarischen Sphären nicht, als seien sie darin räumlich eingeschlossen, sondern nur um die Zustände grösserer oder geringerer innrer Förderung zu bezeichnen.

So ziemt es sich zu Eurem Geist zu reden
Denn nur von dem, was sinnlich er erfahren
Nimmt er, was er dann macht des Geistes würdig.
Dadurch steigt auch die heil'ge Schrift hernieder
Zu Eurer Fähigkeit und Füss' und Hände
Legt Gott sie bei und meint dabei ein andres —

unum dicit et aliud innuit, wie **Richard von St. Viktor** sagt[1]). Die allegorische Auslegung ist ein wesentlicher Charak-

1) de erud. hom. int. I, 1.

terzug der jüdischen und christlichen Mystik. Die jüdische Kabbalah legt der Schrift einen dreifachen Sinn bei, wie Leib, Seele und Geist, einen historischen moralischen und mystischen. Wie sehr Philo von der allegorischen Auslegung Gebrauch macht, ist bekannt. Origenes widmet ihr in seinem Werke „von den Grundsätzen der Glaubenslehre" im vierten Buch das ganze zweite Capitel. Richard[1]) und Hugo[2]) führen einen dreifachen Sinn an, den historischen, den moralischen oder tropologischen, den allegorischen oder mystischen. Anderswo[3]) führt Hugo auch einen vierfachen Sinn auf, den historischen, tropologischen, allegorischen und anagogischen und erklärt an folgendem Beispiel (wie Dante an dem Psalm: In exitu Israel de Aegypto): „Jerusalem ist historisch der bekannte irdische Staat, allegorisch die heilige Kirche, tropologisch jede gläubige Seele, anagogisch die ewige Seligkeit."

Der Leser sieht, wir nähern uns hier den positiven und historischen Beweisen für die in der Ueberschrift des Capitels enthaltene Behauptung. Wir haben mit den Beweisen aus dem innern Geiste zugleich die Erläuterung dieses Geistes vorausgenommen, wir versäumen nicht die unwiderleglichen historischen Data nachträglich zu bringen. Diese drängen sich noch entschiedener an, wenn wir uns nach den Lehrern und Autoritäten Dante's umsehen. Die lobenden Erwähnungen im Gedicht, vor allem die Begegnungen im Paradies geben uns dafür die nächste Anweisung. Wir finden genannt: Aristoteles ausser im vierten Gesang des Inferno noch purg. III. 43. par. VIII 120. XXVI 38 — Plato par. IV, 22 f. und dessen Dialog „Timaeos" v. 49 f. Dem Boethius hat Dante ein ausführliches Studium geweiht convito II, 13, epist. XI, 33; im paradiso wird er X, 125 genannt als Bürger dieses Reiches. Ferner Augustin par. X. 120; Makarios XXII, 49; den Areopagiten X, 115. und

1) loco cit. 19. — 2) didasc. V, 2. vgl. VI, 4. 5. — 3) 2 misc. I, 54.

XXVIII, 130; Anselm XII, 137; Bernhard führt Dante in den drei letzten Gesängen zum Allerheiligsten der Contemplation hinauf; Hugo von St. Viktor XII, 133; Richard von St. Viktor X, 131. che a considerar (contemplare, θεωρεῖν) fu piu che viro; Bonaventura XII, 127; noch Albert der Grosse und der Aquinate. Mochte nun Dante seine formale wissenschaftliche Bildung aus der Schule der Scholastik empfangen haben, dem Geiste des Gedichtes liegen Männer wie Dionysios, Bernhard und Richard von St. Viktor ohne Zweifel unvergleichlich näher. Diese Bemerkung wird von dem Dichter selbst auf's Klarste bestätigt; denn da, wo er in seinem Brief an den grossen Can den Kern des Ganzen, die ekstatische Vision der absoluten Wesenheit, berührt, da beruft er sich neben der heiligen Schrift nicht auf Thomas (der sich ja selbst auf die Viktoriner als Autoritäten in diesem Gebiete bezieht), sondern führt als Autoritäten an: Bernhard in seinem Buch de consideratione, Richard in dem Buch de contemplatione und den Augustin. Und ein wenig vorher beruft er sich auf den Areopagiten im Buch von der himmlischen Hierarchie.

Es ist ganz unleugbar, dass wir in der innern Entwicklung des Dichters mehrere Perioden zu unterscheiden haben. Die erste Periode ist die Zeit des Jugendlebens, die Zeit des unbewussten Glühens, der bis zur Ekstase sich steigernden Sehnsucht nach dem Idealen und der idealen Schönheit, wie sie ihm in Beatrix, jenem „Gotteswunder", sich verkörperte. Alsdann folgt die Periode der politischen Thätigkeit. Von Geburt, von Erziehung der welfischen, der national-liberalen Partei angehörend, folgte er anfangs auch der „im Volke, das Eitles denkt"[1]), wie er später sagt, herrschenden Tradi-

1) Monarchia lib. II init. video populos vana meditantes, ut ipse solebam — ein Geständniss, das in beiden seinen Gliedern auch der Verfasser dieses Buches für sich acceptiren muss.

tion. Eingetreten in das Wirrsal der Parteien und ihrer Kämpfe führt ihn das reifere Nachdenken und die schmerzliche Erfahrung zu conservativen Principien. Mit dieser Periode vermischt sich theilweise und geht aus ihr hervor die dritte Periode, die scholastisch-philosophische. Die literarische Urkunde dieser Periode ist das Convito, wie schon im Anfang dieses Capitels ausgeführt. Aber wie aus der Schale des Welfen und Realpolitikers sich der Conservative und Idealpolitiker befreit, so erhebt sich aus den Banden der Scholastik der Mystiker. Und für diese Periode der Reife finden wir die Urkunden in den klassischen Werken: dem Buch de monarchia, und unserer divina commedia. Mit Jahreszahlen kann ich allerdings diese Ansicht nicht illustriren. Es war mit dieser Entwickelung wie mit jeder organischen, dass die folgende in der vorhergehenden in der Anlage vorhanden ist, und aus ihr schon als Knospe hervordrängt. Aber die Scheiden sind da, und im Begriff werden sie scharf gegen einander gemessen.

Thomas von Aquino war ein genialer Kopf, dem im Ganzen das enge Kleid der Aristotelischen Schemata nicht wohl passt, an den Ecken quillt überall das volle Leben hervor, und in den wesentlichsten Sachen begegnen wir platonischen Ideenzügen. Ja in dem Capitel über das contemplative und active Leben ist er fast ganz Mystiker. So richtete sich die Opposition die der Dichter mehr oder weniger nehmen musste, nicht gegen ihn. Aber sie brach hervor gegenüber den kleinen Leuten vom Handwerk, gegen die schwachköpfigen, engbrüstigen Epigonen, denen eben nicht die Fülle sondern die Hülle, das Fachwerk die Hauptsache war. Dante hat zwar noch spät in Paris Theologie studirt, aber er dachte von der Schule wohl nicht besser, als sein Geistesverwandter, der deutsche Meister Ekhart, die ganze Strafrede Beatricens im 29. Gesang des paradiso gegen die schulmässige Grübelei und Sophistik gibt dafür den Beleg. Nachdem sie ein Schema der Schule zurückgewiesen, und durch die Wahrheit, welche in der Schule sich confundire, zerstört, sagt sie:

Dort unten träumt man gar bei wachen Sinnen,
Im Glauben oder nicht, dass wahr man rede:
Doch liegt in diesem mehr Schuld und mehr Schande.
Ihr wandelt unten nicht auf Einem Pfad,
Philosophirend; so weit führt euch abseits
Die Liebe zur Erscheinung und ihr Sinnen.
Und doch wird dies hier oben noch ertragen
Mit weniger Verdruss, als wenn man nachsetzt
Die heil'ge Schrift und wenn man sie verdrehet...
Zu scheinen sucht ein Jeder nur, und bildet
Seine Gedichte. Damit dann verkehren
Die Prediger und muss die Bibel schweigen...
Christus gebot nicht seiner ältesten Gemeinde,
Geht hin und prediget den Leuten Possen;
Der Wahrheit sichre Gründe gab er ihnen.

Das per un sentiero „auf Einem Pfade" v. 85 ist gleichbedeutend mit „auf dem Pfad des Einen"; des Einen, das noth thut — oder des ewig Einen der absoluten Einheit. Ihr seid nicht einfältig im Innern in Gott gesammelt, um im Ausgehn auch Gott nur zu meinen, sondern in die sinnlichen Interessen zerstreut und von ihnen eingenommen, sinnt ihr tausend unwesentliche Aeusserlichkeiten. Peccare, sagt Dante, in der „Monarchie [1])" nihil est aliud, quam progredi ab uno spreto ad multa. Und Joh. Tauler fährt an dem schon in der Einleitung bei Gelegenheit des Gegensatzes von Scholastik und Mystik erwähnten Orte fort: „Solche fertigen Meister sind nun freilich die Christen nicht, sie lieben das Eine, sie leben im Einen und erfahren es in sich selbst was sie lieben und worin sie leben." Darauf weiter unten: „Hart ist oft das Urtheil Andrer über solche innige Menschen, sogar als Verächter der Kirche werden sie verschrieen. Die Pharisäer, die Buchstabenmenschen, und die da Christenthum

1) de monarch. I, 17.

treiben blos nach aussen, haben sich an gewisse Weise und Art gewöhnt, wähnend, so muss Jeder sein, und so können diese nun nicht sein, sie haben Gott in sich u. s. w."

Dante war ein Geist, der im tiefen Zug nach dem Wesentlichen und Lebendigen allem Schematismus und Formalismus abhold sein musste. Verwandte er mitunter noch die üblichen Formeln, so war das eben der damals einzig zugängliche und traditionelle wissenschaftliche Apparat, der geistvolle Inhalt selbst sprengt das enge Gefäss. Auch Meister Ekhart braucht etwa wohl das Schema von Materie und Form, aber der Geist seiner Gedanken hat mit diesem Schema nichts gemein. Nachdem wir übrigens nun den Augustin, den Dionys, den Bernhard und die Viktoriner für unser Gedicht gewonnen haben, dürfen wir die ganze Geschlechtsfolge der Mystiker wohl heranziehen. Denn sie alle bilden eine auch genealogisch zusammenhängende Kette, die sich in einer durchgängigen Gemeinsamkeit der Ideen bewegt. Augustin nahm das Erbe von Plato, Plotin und Porphyr, der Areopagit und Boethius von Proklos. Augustin setzt im 8. Buch seines hier oft citirten Werks de civitate Dei die Quintessenz der platonischen Philosophie und die Uebereinstimmung der seinigen mit derselben auseinander. Je weniger man später die Platoniker aus den Quellen kennen lernte, je mehr gewöhnte man sich, auch sie in den Gegensatz gegen das „Dämmerlicht" des Heidenthums einzuschliessen. Und wiewohl die ganze mystische Theologie des Mittelalters durch die Vermittlung der Kirchenväter und des Areopagiten, zwar im Geiste des Christenthums, nur die platonische Theologie reproducirte, wobei sie in ihren höchsten Blüthen den Systemen des Scotus Erigena und des Meister Ekhart es zu einer wunderbaren Vollständigkeit an Tiefe und Breite brachte, konnte doch ein Richard von St. Viktor sagen[1]): „Diese Höhe übersteigt alle Philosophie, auf alle Wissenschaft der Welt sieht sie von oben herab. Was fand dergleichen Aristoteles, was Plato?“ So spricht er entschieden im Sinne Dante's, der den Plato nicht minder, wie den Aristoteles in die Vorhölle verweist. Dante kannte Plato ohne Zweifel nur aus zweiter Hand, und aus unvollständigen, entstellten Quellen. Eine bei weitem tiefere, verständnissvollere Würdigung zeigen freilich die Deutschen Ekhart und Tauler. Es ist eben ein Vorurtheil, von dem man sich befreien muss, Dante für besonders gelehrt und belesen zu halten. Der Kreis seiner Gelehrsamkeit war bedeutend geringer, als er auch zu jenen Zeiten hätte sein können. Seine Grösse leidet darunter nicht. Jene Deutschen nun dagegen citiren nicht nur Aussprüche der griechischen Kirchenväter Origenes, Gregor von Nazianz, Gregor von Nyssa, sondern sie sprechen auch von Plato und den Platonikern in grossen und verständnissvollen Worten. „Plato, sagt Ekhart in der 81. Predigt, Plato der grosse Pfaff, der fahet an und will reden von grossen Dingen. Er spricht von einer Lauterkeit, die ist in der Welt und ist nicht in der Welt“[2]). Und Tauler in der 119. Predigt: „Diesem lautern Grunde waren die Heiden gar heimlich, und verschmähten darum alle zeitlichen und vergänglichen Dinge und gingen dem lautern Grunde nach. Aber dann kamen die grossen Meister Plato und Proklos und gaben davon einen klaren Unterschied.“ Und in der 129. Predigt: „So der Mensch in Gott kommt, spricht Proklos, was dann auf den äussern Menschen kommen mag, das achtet er nicht“. So also waren sich diese Meister wohl des Zusammenhangs bewusst. Als nun gar

1) de praep. ad cont. I, 75. — 2) Sollte er vielleicht die Stelle Phaedo p. 65 f. im Auge gehabt haben, wo es heisst: der würde am besten die Wahrheit erreichen, der sich *αὐτῆ καθ' αὑτὴν εἰλικρινεῖ τῆ διανοίᾳ* bedient, und *αὐτὸ καθ' αὑτὸ εἰλικρινὲς ἕκαστον ἐπιχειρεῖ θηρεύειν τῶν ὄντων*.

Marsilius Ficinus den Plato und den Plotin in's Lateinische übersetzte, da deckte er die Wurzeln der christlichen Theologie auf. Alles, was Aristotelisches im scholastischen Zeitalter wucherte, es war nur ein fremdartiger Ansatz von einem dem Christenthum fremden feindlichen Geiste genährt. Der aufgehenden Sonne des Platonismus jubelte alsbald eine junge grüne Pflanzung lebensvoller, tiefsinniger Geistes- und Naturphilosophie entgegen, bis der moderne Geist in Cartesius und Newton den heidnischen Formalismus des Aristoteles und der Stoa und deren induktive Empirie und gelehrte Schematik wie eine dicke Finsterniss wieder auf das Feld der Ideen legte.

Noch will ich zum Schluss dieses Capitels einige überraschende Analogieen nicht unaufgeführt lassen, die sich im Gedicht mit dem Platonismus und den Mysterien finden. So heissen die Höllenbürger miseri profani, als seien sie die von den grossen Mysterien, in denen die ewige Vermählung (ἕνωσις) der Seelen mit Gott begangen wird, ausgeschlossene im Sinnlichen verkehrende Menge. Der Leib heisst triste tomba —, wie Heraklit sagt und Plato im Gorgias, wir seien todt in Wahrheit, wenn wir leben. Der Traum im Purgatorium, in dem ein Adler Dante in das Läuterungsfeuer trägt, erinnert an den homerischen Hymnos an die Demeter, wo jene Mythe vom Demophon erzählt wird, die nach Proklos in den Eleusinien eine so bedeutende Rolle spielt. Derselbe in den Mysterien gepflegte Mythenkreis wird purg. XXVIII, 49 ff. mit Bedeutung hervorgehoben. Auch wird von der Phönix-Mythe als von einer Lehre der gran savi gesprochen. Noch gehören hieher die Zahlenbestimmungen. So sagt der Dichter parad. XXVII, 115 f. die andern Himmel würden von dem ersten Himmel gemessen, wie zehn von der Hälfte und dem Fünftel. Die Erläuterung dazu findet sich in den Theologumena arithmetica im zehnten Capitel: „Die X wird erzeugt aus Gradem und Ungradem, denn fünfmal zwei ist zehn. Dies ist der Umkreis aller Zahl und Grenze".

Philo unterscheidet Asceten und Weise. Ascese ist die Reinigung von allen Leidenschaften und Stürmen des Gemüths [1]). Die Weisen sind die Contemplativen, denen der Vater des Alls seine eignen innern Werke zeigt [2]). „Der Ascet könnte vielleicht sein Leben einer Stufenleiter vergleichen ... Denn das Leben des Asceten ist ein Tagwechsel. Der Weisen Theil ist es, den himmlischen Kreis zu bewohnen, den Bösen die Schlünde der Hölle. Die Asceten aber steigen oft auf und oft ab wie auf einer Leiter" [3]). Wir werden im zweiten Theil die völlige Analogie des letzten Gedankens im purgatorio wiederfinden.

---

1) de legg. alleg. III, 45. — 2) de migr. Abr. 9. — 3) de somn. I, 23.

ZWEITES CAPITEL.

DIE POLITISCHEN UND KIRCHLICHEN ANSICHTEN DANTE'S.

Seine politischen und kirchlichen Ansichten hat Dante vorzüglich in dem Buch de monarchia und früher schon im vierten Traktat des Convito niedergelegt, die divina commedia giebt dazu einige Ergänzungen und Illustrationen.

Augustin setzt den Weltstaat als Reich des Bösen oder des Satans dem Staat Gottes entgegen. Dieser aber war nicht allein überweltlich, er war auch innenweltlich als Kirche, dort im ewigen Triumphiren, hier im Kampf und in der Reinigung. Alles weltliche Staatswesen zu einem Gewächs der Sünde der hoffärtigen Gewalt zu machen, wogegen die Kirche allein in göttlicher Autorisation wurzle, war ein den hierarchischen Bestrebungen sehr gefälliger Schluss [1]). Significant ist ein von Gieseler angeführter Ausspruch aus einem kirchlich-politischen Traktat des 12. Jahrhunderts: „Ich weiss, sagt der Verfasser, dass Einige heutzutage, die sich als Könige brüsten, nicht von Gott, sondern von denen den Grund haben, die unwissend Gottes durch Stolz, Raub, Hinterlist, Mord und schliesslich fast alle Un-

---

1) Es zeigt die intime Verwandtschaft der Despotie und der Demokratie, wenn eben dieselbe Meinung im 17. Jahrhundert von den englischen Puritanern ausgesprochen wurde.

thaten unter Antrieb des Teufels, des Fürsten dieser Welt, über gleichberechtigte Menschen (super pares homines) sich zu herrschen anmassen".

Dante dagegen sah ein, dass das Böse nicht organisiren kann, dass jede Organisation, so weit sie in der That eine solche ist, von dem Guten ist, jede ein Glied in der von dem schlechthin Guten ausfliessenden Weltordnung. „Alles, sagt Dante demgemäss in dem Buch de monarchia[1]), was ein Wesen ist, ist vor Allem Eins, und was am meisten Eins ist, ist am meisten gut. Die Einheit ist die Wurzel von dem Gutsein, wie die Vielheit von dem Schlechtsein". Aehnlich Proklos[2]): „Alles Gute ist ein Einigendes dessen, was an ihm Theil nimmt, und alle Einigung ist ein Gutes und das Gute ist Ein und dasselbe mit dem Einen". Dante entnahm diesen platonischen Grundsatz aus zweiter Hand vom Boethius[3]). Die Einheit wird nach Dante nur in der Monarchie völlig realisirt. Dante entscheidet sich also, und zwar aus ähnlichen Gründen, wie Thomas von Aquino, unter den besondern Staatsformen für die Monarchie. Die demokratischen oligarchischen und tyrannischen Staatsverfassungen, führt er ausserdem an, machen den Menschen zum Knechte, indem die Herrn des Staates ihren Willen zum Gesetz machen und die Bürger ihrem Willen und seinen Neigungen dienstbar. Die Monarchie dagegen ist die legale Staatsordnung, indem es zu ihrer Natur gehört, dass die Könige nicht Herren, sondern Organe des Gesetzes sind und durch das Gesetz dem Mittel nach zwar Herren der Gesellschaft, dem Zwecke und der Folge nach aber Diener derselben, diese daher um ihrer selbst willen und somit frei ist[4]).

Die Menschheit, deducirt Dante weiter, ist Ein natür-

---

1) I, 17. — 2) institut. theol. § 20. — 3) de consolatione philos. III, 11. IV, 3. — 4) de monarchia. I, 14.

liches Ganze, und die diesen natürlichen und organischen katholischen Zusammenhang der Menschheit durch eine gültige und auf göttliche Urheberschaft und Autorität zurückkommende Ordnung realisirenden Central- und Einheitspunkte sind der Kaiser und der Pabst. Die Menschheit also ist von Natur Ein Körper und durch das Institut des Kaiserthums und der Kirche wird diese Einheit realisirt und fixirt. Es hat nämlich die Menschheit gemäss der menschlichen Natur zwei Grundlebenszwecke, der eine die freie und sittliche Entwickelung und Ausführung der natürlichen, der intellektuellen künstlerischen u. s. w., der andere die Entbindung der übernatürlichen Kräfte. Diese Zwecke werden nur erreicht im Frieden, und der Friede durch die Ordnung. Die dem ersten dienende Rechtsordnung gründet den Staat, zunächst den Einzelstaat, darauf den Weltstaat als den Staat der Staaten. In jedem Volke organisirt sich die Rechtsordnung zunächst nach der durch Individualität und Geschichte bestimmten Natur des Volkes, und gipfelt sich in einem höchsten Organ des Gesetzes, dem Landesfürsten. Man sieht, Dante huldigt nicht dem Nivellirungssystem dieser oder jener Form. Er weiss, dass sich nur dann eine lebensvolle schöne Melodie ergiebt, wenn die Melodie aus Gegensätzen und Eigenheiten zusammengestimmt ist. Wie auch Plotin sagt, dass die gute und normale Ordnung der Staaten nicht aus der Gleichheit ihrer Elemente hervorgeht[1]).

Der nun über den einzelnen Staaten und ihren Regenten sie zur Einheit des Weltstaats zusammenbindet, ist der Kaiser. Er vertritt und corporisirt in seiner Person die allgemein gültigen, allen allgemeinen Principien der Gerechtigkeit[2]). Das ist seine erhabene Mission. Er führt die grosse

---

1) enn. III, 4, 11. — 2) de mon. ibid. Wie ganz anders Petrarca in seiner Canzone ai grandi d'Italia eccitando a liberarla una volta dalla dura sua schiavitú, wo es heisst:

Politik der Staaten nach dem grossen Grundsatz der Gerechtigkeit, als der Schiedsrichter der Nationen [1]). Er erhebt und befreit die Staaten und Völker aus der verdammungswürdigen Praxis der Gewalt und perfiden Sophistik zur sittlichen Ordnung. Der Dichter verdammt jene Praxis in Alexander dem Grossen [2]), jenem genialen Menschen, dem die Welt zu eng ward für seinen heroischen Ehrgeiz, und in Nimrod, dem Erbauer des Thurms zu Babel, dem Urheber der Idee despotischer Centralisation, Gründer des ersten auf Gewalt beruhenden Weltreiches inferno XII, 104 f. XXXI, 77. Und er macht die Bemerkung XXXI, 55 f.:

Denn wo des Geistes Stärke sich verbindet
Mit argem Wollen, und mit dem Vermögen,
Da kann das Volk sich keine Rettung schaffen —

da erliegt es der magischen Gewalt des despotischen Geistes, dieser wird ihm der in Götterglanz strahlende Heros, den es anbetet, und das Schlechte, Nichtswürdige nur die Fussspur siegender Geistesgrösse.

Ein Phantasma, glaubt man heutzutage allgemein, sei hier dem Haupte des Dichters entsprungen, dieses geborenen Idealisten und Schwärmers, nicht die wahrhafte Athene. Man zeigt damit nur seine Kurzsichtigkeit an. Wie, oder hätte etwa der geschichtliche Process die natürliche Richtung, die Machtverhältnisse auszugleichen und gegeneinander zu balanciren und in Gleichgewicht zu erhalten? Werden

---

Latin sangue gentile,
Sgombra da te queste dannose some:
Non far idolo un nome,
Vano senza suggetto . . . .

sc. il titolo imperiale. — 1) ib. 12. 13. Ubicumque potest esse litigium, ibi debet esse judicium. Cum alter de altero cognoscere non possit, ex quo alter alteri non subditur: oportet esse tertium jurisdictionis amplioris, qui ambitu sui juris ambobus principetur. — 2) Für diesen Alexander erklärt wenigstens die Figur der Sohn des Dichters, Pietro di Dante. S. Philalethes.

nicht vielmehr alle diese Anläufe zerstört, in ihrer Kurzlebigkeit sich als künstlich Gemachtes kundgebend? Und arbeitet nicht vielmehr der geschichtliche Process seit dem Verfall des Kaiserthums und deutlich sichtbar in neuerer Zeit eben nur dahin, Mittelpunkte zu bilden im Völkerconcert, Einen Mittelpunkt, in dem sich die höchste Entscheidung zusammenfasst? Nicht mehr grosse Massen, Conglomerate werden gebildet, es ist das gleichsam moralische Uebergewicht, das organische Centrum, das gesucht wird. Der geschichtliche Process sucht in Einem Volke eine Mitte, um die sich das Andere frei und lebendig, wie um die Sonne das Planetensystem, bewegt. Nun kömmt es darauf an, wie diese Mission aufgefasst wird, fromm oder politisch, sittlich oder unsittlich, conservativ oder revolutionär. Ausserdem was sprach Dante denn wohl mehr aus, als eben eine historische Wahrheit, die zwar zu seiner Zeit nicht mehr historisch war?

Verwundern mag es immerhin, dass Dante von den mitwirkenden Organen der Gesetzgebung, den Ständen, keine weitere Worte macht. Allein einmal lag bei dem elenden Zerfall aller Ordnung, den er so schmerzlich empfand, am nächsten die Betonung straffer (doch gesetzlicher) Centralisation, — dann aber geht auch aus manchen Zeichen hervor, dass der Dichter den Staatsprivilegien der Stände keinewegs abhold war, aber vielleicht als theils unangefochten, theils selbst schon gemissbraucht, nicht nöthig fand, sie hervorzuheben.

Im Convito erklärt sich Dante noch in einer längeren Abhandlung gegen den Geburtsadel, und will ganz in moderner abstrakt-philosophischer Manier lediglich den Verdienst-Adel gelten lassen. Er ist auch in diesem Stücke Scholastiker und folgt dem Vorgang des Thomas von Aquino. Aber in der „Monarchie“ und in der „göttlichen Komödie“ kommt er von dieser revolutionären Ansicht zurück. Er freut sich seines Adels, seiner Abstammung, der Tüchtigkeit seiner Vorfahren, der Geschichte seines Geschlechts, die als ein individuell determinirter Process sich in dem allgemein-geschichtlichen vollzieht und auch ihn als ein organisches Produkt hervorgebracht hatte. Aber unbefangen und sittlich, wie er ist, verfehlt er auch nicht den Verfall zu strafen parad. XVI, 1 u. ff.:

O kleiner Adel unsres Blutes, wenn du
Dort unten machst das Volk sich deiner rühmen,
Wo noch in Banden unser Wille schmachtet —
Ich will mich ferner nicht darob verwundern:
Denn dort, wo die Begier sich nicht mehr ablenkt,
Ich mein' im Himmel, rühmte ich mich deiner:
Allein du gleichst dem Mantel, der sich kürzet
Und wenn man dir von Tag zu Tag nicht zusetzt,
So fährt die Zeit ringsum mit ihren Scheeren.

Der Nachkomme erhält sich nur dann den organischen Zusammenhang mit der Tüchtigkeit und dem Glanz seiner Vorfahren, wenn er diese täglich neu in sich hervorbringt. Im andern Fall ist er nur ein todter Zweig, der nur äusserlich mit dem Baum in Verbindung steht, und endlich abgeworfen wird.

Dante war keineswegs blind gegen die Fehler derjenigen Partei, an die er sich nach aussen stütze — der ghibellinischen. Er schilt parad. VI, dass eigennützige Motive und nicht das unbefangene Rechtsgefühl sie leite. Aber mit schmerzlicher Verehrung blickt er zurück auf die gute alte Zeit, da noch die alten Geschlechter in alter Tüchtigkeit und Einfalt der Sitten ihr Ansehn unangefochten wahrten. Jeder hielt sich in seinem Kreise, beschied sich in der Einfachheit seiner Genüsse, und das Leben bewegte sich in einem ruhigen Kreislauf, der Niemandem Ursache zu klagen gab. Aber als die masslose Erwerbsucht sich erhob, als das Glück gesucht ward nicht mehr in der sittlichen Bemessenheit des Auskommens, sondern im Reichthum; als die Begierde, die schrankenlose, unersättliche Sucht, der wölfische Hunger anfing, den Rachen gähnend aufzusperren, als diese lethale Krankheit im Bürgerthum ausbrach, als mit dem Stolz und der Ueppigkeit des Geldes sich die Herrschsucht und der Uebermuth einstellte — als die Gewalt und der Zauber des Geldes und des Capitals die Adligen zwang sich in die Städte zu ziehn und an industriellen Unternehmungen sich zu betheiligen, — als so der Adel moralisch zu Grunde gerichtet, der esprit de corps zerstört wurde und alle Unterschiede und Ordnungen sich in dem Streben zu erwerben und zu herrschen vermischten — als nun in diesem Chaos und gährenden Masse das Widerstrebende sich trennte und Parteien und blutige Parteikämpfe entstanden, als das heillose Princip auch die heillosen Mittel entband und in Hass und Neid ein bellum omnium contra omnes entzündete — da brach die moderne Zeit, für die Dante der Prophet ist, und — der Verfall, das Unheil, die heillose Zeit herein, parad. cant. XV und XVI. Dante war ein entschiedner Gegner der Demokratie, der Herrschaft des dritten Standes. Denn er wusste, dass eben dieses Streben nach Herrschaft im Bürgerstande eben dessen Entartung nothwendig einschliesst, ebenso vorausgesetzt, als diese Entartung, wie diejenige der ganzen Gesellschaft zur Folge hat. Da flucht er der Macht des Geldes, des Wuchersolds, dieses goldenen Götzen, den Alles anbetet, dem Alles zur Verfügung steht; wie Kreon in der „Antigone"[1]) zürnt er dessen sittlich corrumpirendem

1) v. 295 ff.:
οὐδὲν γὰρ ἀνθρώποισιν, οἷον ἄργυρος
κακὸν νόμισμ' ἔβλαστε· τοῦτο καὶ πόλεις
πορθεῖ, τόδ' ἄνδρας ἐξανίστησιν δόμων.
τόδ' ἐκδιδάσκει καὶ παραλλάσσει φρένας
χρηστὰς πρὸς αἰσχρὰ πράγμαθ' ἵστασθαι βροτῶν.
πανουργίας δ' ἔδειξεν ἀνθρώποις ἔχειν,
καὶ παντὸς ἔργου δυσσέβειαν εἰδέναι.

Einfluss, par. IX, 127 ff. Stolz, Neid und Habsucht sind ihm die drei Funken, welche die Gemüther entzündet haben, inf. VI, 74. Er schilt die Umtriebe der Demagogen, die den Tyrannen in der Knospe oder schon entwickelt offen vor sich tragen: Italien, sagt er, ist voll Tyrannen, und jeder Lump, der Parteiführer ist, wird schon als Marcell gepriesen. Dann schilt er auch das Drängen zu den Aemtern und zur Staatsverwaltung; das unreife Geschlecht, das hier eine Weide seines Ehrgeizes sucht, während der Gerechte auch als Erfahrener nur mit Zögern und Bedenken eine so schwierige Sache auf sich nehmen würde — ganz wie Plato im „Staate", purg. VI, in fin. Das Gesammturtheil über seine Zeit legt er in den Worten nieder, purg. XXIV, 79 f.:

„Der Ort an den ich bin gestellt zu leben,
Entbrestet täglich mehr sich seines Heiles
Und scheint bestimmt zum traurigen Verfalle."

— Zustände der Zerstörung, aus denen er sich zu den ewigen Entzückungen emporrettet.

Neben dem Staate erhebt sich die Kirche, welche den Menschen zur ewigen Seligkeit erzieht. Wie die Ziele von einander abliegen, so laufen auch die Wege von einander ab und es verlangt das Wohl der Menschheit und die Gerechtigkeit, dass sie in keiner Weise sich irgend wie vermischen und das eine oder das andre die Zwecke oder die natürlichen Mittel des andern occupirt. Dante legte somit dem Staat entgegen der hierarchischen Theorie eine selbstständige und völlig correspondente göttliche Institution und Organisation bei[1]). Die Vereinigung beider Gewalten in Einer Hand, wie sie von den Päbsten angestrebt wurde, hielt er für die Quelle alles Unheils. Denn die Folge ist, dass sich beide nicht mehr vor einander fürchten, die eine der andern

1) Monarch. III, 15.

und beide schliesslich den egoistischen Interessen dienstbar werden, purg. XVI, 106 ff. Also das war der Ruf Dante's an seine Zeit, an die Zeit überhaupt, an die Geschichte: Freiheit des Staates von der Kirche, wie der Kirche vom Staate, Freiheit, Unabhängigkeit des einen wie des andern in der Verwaltung der eignen Angelegenheiten und Organisation, damit sie beide frei gegeneinander nun erst in Gegenseitigkeit zusammenwirken, und die göttlich bestimmte Organisation der Gesellschaft ausführen können. In dieser Beziehung ist er gerade der Antipode des Thomas von Aquino, der ebenso sehr den Staat, als die Speculation zum Diener der Kirche und der kirchlichen Gewalten machen will. Denn allerdings gesteht Thomas dem Staate eine eigne selbständige Institution zu, wiewohl er auch hierin wesentlich mit Dante differirt, denn nach Thomas gründet Gott die gesetzlichen Gewalten des Staates nicht unmittelbar, sondern indem er sich der Stimme des Volkes als seines Organs bedient, und Thomas verfolgt die Consequenzen dieser liberalen Principien soweit, dass er selber eine Absetzung oder Beschränkung des Regierenden von Seiten der Menge zugiebt. „Wenn es zum Recht irgend einer Menge gehört sich den König zu wählen, so geschieht es nicht mit Unrecht, wenn der von ihr eingesetzte König auch abgesetzt wird oder seine Macht gezügelt, falls er die königliche Macht tyrannischer Weise missbraucht.“ Wie wir die hierarchischen Parteien im Mittelalter der kaiserlichen Macht gegenüber sowohl mit den national-demokratischen Parteien als mit partikularistischen Bestrebungen der Fürsten und Grossen zusammenarbeiten sehn, wiewohl von eben denselben Parteien diese historische Intimität heutzutage desavouirt wird, in gleicher Richtung finden wir auch die kirchliche Staatswissenschaft sich mit revolutionären Tendenzen verweben und durchweben. Denn auch sie erhebt durch die Herabsetzung der staatlichen Gewalten eben die kirchlichen. Und wenn, wie gesagt, Thomas allerdings dem Staate unabhängige Institution einräumt, so giebt er doch dem innern Vorrang der Kirche und der kirchlichen Gewalt, oder des Pabstes sogleich äusserliche Beziehungen, und jener muss ihm als Vordersatz zu dem Schlusse dienen, dass das Staatsoberhaupt dem Pabste, als wie Christo selbst, gehorsam sein solle und der Pabst, wenn das Staatsoberhaupt seine Macht zum Schaden der Kirche oder des Volkes missbrauche (ratione peccati) das Recht habe, ihn vor seinen Stuhl zu laden und ihn zu bestrafen. So dass wenn Thomas das Volk, falls ihm das verfassungsmässige Recht abgehe, gegen den Fürsten einzuschreiten, ermahnt, auf Gott zu hoffen, vielmehr unter dieser göttlichen Vorsehung der päbstliche Stuhl verstanden zu werden scheint. Dagegen Dante, wie er die staatlichen Gewalten von der Bestimmung einer populären Majorität befreit, so auch vindicirt er ihnen gegen die Kirche ihre Unabhängigkeit. Dass er jedoch diese Unabhängigkeit lediglich auf die politischen Akte bezieht, und keineswegs der Religionslosigkeit des Staates das Wort reden will, das ergeben seine Principien ohne ausdrückliche Entwickelung von selber. Dante geht im Allgemeinen von ganz verwandten Gesichtspunkten aus, wie Thomas von Aquino, aber er gelangt zu grundverschiedenen und viel reineren Folgerungen.

Dass Dante die sichtbare Kirche von der unsichtbaren Gemeinde strenge unterschied und in dieser Beziehung ganz den Glauben der anderen Mystiker theilt, habe ich im ersten Capitel aus parad. XI, 1 ff. nachgewiesen. Wegele[1]) findet etwas ungewöhnliches und neuerndes in dem Umstand, dass Dante als Laie die Vorsteher der Kirche in einer Weise tadelt, „dass die Angriffe des Troubadours und der deutschen Dichter vor und nach jener Zeit vergleichungsweise nur harmlose Plänkeleien zu nennen sind.“ Vielmehr ist, wie wir auch bereits sahen, dieses Auftreten nur die einfache

1) Dante Alighieri S. 561.

Consequenz aus dem Princip des Mysticismus. Wir sahen ebenso bereits in Deutschland in demselben Sinne einen Laien wirken, den Nikolaus von Basel, und mehrere andere Laien waren Mitglieder des von ihm gegründeten Reformbundes. Dante sich erhebend in die übersinnliche Einheit mit Gott ist selber der wahre Priester oder Bischof, wie im Gedichte selbst am Ausgang des Purgatoriums deutlich genug angezeigt ist, wo Virgil an Dante, ihn entlassend, die Worte richtet:

io te sopra te corono e mitrio.

Indem Dante die Einheit und Universalität der Kirche gegenüber den atomisirenden Bestrebungen eines Dolcin inf. XXVIII, 55, sowie der Albigenser par. XII, 100, und aller Häretiker aufrecht erhält — indem er ferner dem kirchlichen Amte selbst bis in das Paradies hinauf seine aufrichtige Devotion, den Verächtern desselben, wie Philipp dem Schönen, den ganzen Feuereifer seines Zorns zu Theil werden lässt, beweist er sich als treuen Katholiken. Aber nicht minder ist er der treue Katholik, wenn er die Vergehen der Kirchenvorsteher, das Verderben der Kirche an ihrer Wurzel schonungslos aufdeckt, und die an ihr selbst wuchernden falschen Triebe abgeschnitten haben will. Inferno XI, 9. lehnt er, wie Philalethes anmerkt, das Dogma von der Unfehlbarkeit des Pabstes auf eine drastische Weise ab. Der Pabst ist hier selber der Ketzer. Und überhaupt schliesst seine ganze Geschichtsbetrachtung, wie diejenige seines grossen Vorgängers Bernhard von Clairvaux, und Dante's Zeit- und Kampfgenossen, der Vertreter unbefangener Mystik, die Unfehlbarkeit der Autoritäten, sofern diese die Canonisation der geschichtlichen Entwicklungen der Kirche unmittelbar in sich enthält, mit Nothwendigkeit aus. Im Zusammenhang damit setzt Dante in der „Monarchie" die Dekretalen oder Edikte der

Päbste den Meinungen der Kirchenväter und den Sprüchen der Concilien nach, diese aber auch den Aussprüchen der Schrift. Er verweist parad. IX, 130 ff. die Kirche von den der Habsucht und dem Ehrgeiz — der sündigen Begier, die Alles verdirbt, religiöse und politische Gesellschaft, und die wahre Wurzel alles Unheils ist — dienenden Dekretalen auf ihren wahren Wurzelgrund, aus dem sich die Kirche fortwährend innerlich erneuen und verjüngen soll, auf die Schrift und die Kirchenväter zurück. Es ist die Kraft der religiösen Wahrheit, in der und mit der die Kirche herrschen soll und mit deren wahren und originalen Quellen sie daher beständig sich in lebendigem Zusammenhang zu erhalten hat. Den Abgang der schlichten Predigt des Evangeliums, die eitle gefallsüchtige Schönrednerei der Prediger seiner Zeit, die menschliche Kunst an Stelle der göttlichen Kraft schilt er XXIX, 88 ff. Die Wurzel des Verderbens in Haupt und Gliedern ist nach ihm die durch den wachsenden Erwerb genährte Sucht nach weltlichem Besitz, Reichthum und Macht, die Hintansetzung der nur in selbstloser Hingabe erreichbaren höhern Berufszwecke hinter selbstsüchtige materielle Interessen. So Inferno XIX, 90 ff. 115 ff. par. XXVII, 40 ff., XXI, 124 ff., XXII, 76. Im Anschluss daran schilt er auch das Politiktreiben der Päbste, die weltlichen Schliche zu weltlichen Zwecken, das politische Balancespiel, wobei die der Gnade und Gerechtigkeit geweihten von ihnen ausgeflossenen Heil- und Strafmittel der Kirche den Zwecken unheiliger Feindschaft und Parteiung unterworfen werden, par. XXVII, 40. XVIII, 127:

> Sonst pflegt man Krieg nur mit dem Schwert zu führen,
> Nun thut man's hie und da das Brod entziehend,
> Das Niemandem verschliesst der fromme Vater.

Und so darf er sagen inf. XIX, 106 ff:

> Euch Hirten hatte der Evangeliste

Im Aug', da die, die auf den Wassern thronte
Mit Kön'gen hurend, ward von ihm gesehen.

Und endlich die donnernde Strafrede des heiligen Petrus par. XXVII, 22 ff. gegen Bonifaz VIII.:

Der, dessen Usurpirung ist verfallen
Mein Platz, mein Platz, mein Platz, der also stehet
Leer in der Gegenwart des Sohnes Gottes,
Macht meine Ruhestätte zur Cloake
Des Schmutzes und des Bluts, drob sich ergötzet
Der fiel von oben, drunten der Verkehrte.

Wir sehen hier Dante gesinnt sein und entscheiden, ganz wie in Deutschland seine Zeitgenossen, die Mystiker und Gottesfreunde.

DRITTES CAPITEL.

DIE THEOLOGIE DANTE'S.

Gott heisst parad. XV, 74 f. la prima egualitá, „die erste Gleichheit", d. h. die wesentliche absolute Gleichheit oder Identität, in der Alles gleich, in einer Gleichheit Indifferenz ist, Alles was wirklich und möglich ist, alles Differente und Entgegengesetzte, und die dieses Alles, soviel es wirklich ist, in Gleichheit, Gleichgewicht, Verhältniss, Ordnung setzt. Stellen wir einige Parallelen zusammen, um unsere Auslegung zu erhärten. In der „Arithmetik" des Nikomach[1]) heisst es: „Die Einheit ist gleichartig und hat die Natur des Identischen." In den Theologumena arithmetica: „Die Pythagoreer nannten die Einheit die Ordnung der Zusammenstimmung, in Grösserem und Kleinerem das Gleiche." Der Areopagit sagt[2]): „Gott heisst das Gleiche nicht nur als theillos, und bei dem keine Abweichung stattfindet, sondern auch als der durch Alles und in Alles gleichmässig dringt, als der Urheber der Urgleichheit, wodurch er das wechselseitige Durchgehn aller Dinge in einander gleichmässig wirkt, und die gleiche Theilnahme aller Theilnehmenden und jene gleiche Mittheilung an alle, nach eines Jeden Würdigkeit und der allgemeinen Gleichheit der intelligibeln sinnlichen etc., welche er in höchstem Sinn in sich vorausgenommen

1) II, 17. — 2) de divin. nom. IX, § 10.

hat nach der Alles übersteigenden Kraft der allgemeinen Gleichheit." Meister Ekhart sagt[1]): „Gott ist die Gleichheit selber." Und anderswo[2]): „In dem einigen Ein sind alle Grasblättlein und Holz und Stein und alle Dinge Ein. Das ist das Allerbeste und ich habe mich darinnen verthöret." Der Punkt also, in dem sich alle Differenzen ausgleichen, der die gefärbten Strahlen in sich zu einem farblosen Licht neutralisirt, die absolute Identität ist der Grundbegriff in dem System Dante's, das Princip seiner Philosophie. Im letzten Gesange der divina commedia und des paradiso speziell, da wo sich die ganze Entwicklung gipfelt, an dem Punkte, in dem die Vision des Weltreisenden ihre höchste reinste Höhe erreicht hat, legt Dante selbst auf das Klarste und Ausdrücklichste diesen Grundbegriff seines Systems aus. Er sagt v. 85 ff.:

In dieser Tiefe sah ich, wie sich innigt
Im Band der Liebe in Ein einfach Wesen[3])
Das was sich auseinanderlegt im Weltall:
Substanz und Accidenz und ihre Modi,
Alle zumal verknüpft in solcher Weise,
Dass Ein einfältig Licht ist, was ich meine.

Es theilt aber Dante diesen Grundbegriff, wie ich in dem Anhang zu meinen „Grundlehren" nachgewiesen habe, mit der ganzen Reihe der Tradition, der er angehörte. Eben diese absolute Identität ist in Indien Brahma, in Persien Zervana-Akarana, in Aegypten Amun, das kabbalistische Ain Soph, der Axieros der Samothrakischen Mysterien, die *ἀνάγκη* des Empedokles, das *ἕν* oder *τὸ ἀγαθόν* des Pythagoras, Plato, Plotin, Porphyrios, Jamblichos und Proklos, und nicht minder stimmt damit der Gottesbegriff des Philo, des Boethius, des Clemens, Origenes und Augustin, des Areo-

---

1) Pred. 96. — 2) Pred. 102. — 3) in un volume, Shakespeare hat den Ausdruck in a map.

pagiten, des Skotus Erigena, des Richard von St. Viktor und der deutschen Mystiker.

Die Uebereinstimmung der grössten und edelsten Geister beschämt diejenigen, welche den Calcul mit etwas Anderm anheben wollen, als mit der Einheit, welche die Kraft aller Zahlen ἡ δύναμις (Dante sagt la virtu) πάντων ἀριθμῶν ist. Indem wir die Dinge in ihren gegenseitigen Beziehungen (Relationen) festhalten und betrachten, werden wir ihrer inne als alle aus dem hervorgegangen, in dem ruhend, das alle Beziehungen zu einer Indifferenz in einander aufgehoben in sich enthält, das die Gleichheit aller Beziehungen ist, das die Sache selbst, das Wesen ist, welches unten in Beziehungen erscheint; wir werden inne, dass wir die Dinge in ihrer Bezüglichkeit auch nicht einmal auffassen können ohne Voraussetzung dessen, welches das Subjekt aller dieser Beziehungen ist, dass also das Bewusstsein dieses allen unsern besondern Auffassungen zu Grunde liegt. Die Ausführungen Kant's, welche unsere Schöngeister und Belletristen, die Schopenhauer und die dii minores gentium, so häufig und emphatisch beschwören, beruhen alle auf der falschen Voraussetzung, dass die Anschauung des Absoluten, die unserm denkenden Auffassen zu Grunde liegt, eine Idee sei. Da doch eine Idee nie zu Grunde liegt, sondern aus dem Grunde hervorgeht. Zu Grunde liegt ein Bewusstsein, Bewusstsein aber ist Einheit von Wissen und Sein, Wissendem und Gewusstem, dieses also selbst, das Gewusste, Reale ist im Bewusstsein gegenwärtig[1]). Aus dem Bewusstsein darnach entwickelt es das Denken zu der blos formalen Vision einer Idee, in der schliesslich das Bewusstsein sich vermittelnd, seine Unmittelbarkeit zu einer kräftigen Gestalt lebendiger Gegenseitigkeit realisirt.

---

1) „Was im Bewusstsein ist, wird erfahren — das ist sogar ein tautologischer Satz“ sagt Hegel in der Encyclopädie.

Eben nun aber als das unvergleichlich Eine ist Gott das höchste Gut. Denn eben weil er das Eine und Allgemeine ist, ist sowohl in ihm allein Befriedigung, als kann er sich nicht enthalten, dass er sich gemeine, sich mittheile und durch solche Mittheilung das Einzelne sowohl für sich totalisire, integrire, als in die Theilnahme an der absoluten Totalität und Integrität erhebe. Das Mass solcher Mittheilung und Beseligung ist lediglich in der Empfänglichkeit der Creatur, welche nie ganz die unendliche Fülle der göttlichen Mittheilung fassen kann, purg. XV, 67 ff.:

Das Gut, das unbegrenzt und unaussprechlich
Dort oben ist, es eilet so zur Liebe,
Als wie der Strahl zum hellen Körper wandert.
Soviel giebt sich's, wie viel an Gluth es findet,
So dass, soweit sich auch die Liebe ausstreckt,
Doch über sie die ew'ge Kraft hinauswächst.

Man vergleiche par. IX, 7 ff.:

Und schon war dieses heil'gen Lichtes Leben
Gewandt zur Sonne, welche es erfüllet,
Zu dem Gut, das für Alles ist genügend.
Betrog'ne thörichte unfromme Seelen,
Die ihr das Herz von solchem Gut abdrehet,
Auf Eitelkeiten eure Stirnen richtend.

Gott, sagt Dante im convito[1]), ist die geistige und intelligible Sonne. Wir wollen diesen Satz der Glaubenslehre Dante's in seiner Verbindung mit dem obigen als ein gemeinsames Princip der mystischen Theologie kennen lernen. Aus dem Einen geht nach Plotin alle Lebenswirkung hervor, wie aus der Sonne das Licht (il raggio) willenlos vom Ueberfliessen der Fülle[2]). Anerkennend bemerkt Augustin: „Das wahre und höchste Gut aber, sagt Plato, sei Gott, daher er will, dass ein Philosoph ein Liebhaber Gottes sei[3])." „Wie unsere Sonne, sagt der

1) conv. III, 12. — 2) enn. V, 3, § 12. — 3) de civit. Dei. VIII, 7.; vgl. X, 9. conf. XIII, 8.

Areopagit[1]), nicht aus Ueberlegung oder Vorsatz, sondern durch ihr Sein selber Alles erleuchtet, so sendet das Gute (welches über der Sonne steht, wie über dem Nachbild das Urbild) durch sein Dasein allen Seienden nach ihrer Art die Strahlen seiner ganzen Güte." Aehnlich Boethius. Und anderswo[2]) sagt der Areopagit: „Die ganze Gottheit wird von Jedem der Theilnehmenden empfangen, und doch von Keinem an keinem Theil; sowie der Punkt in der Mitte des Kreises von allen im Kreise befindlichen Radien, und wie viele Abdrücke des Siegels das Siegel selbst ausdrücken und in sich haben und in jedem Abdruck das ganze Siegel ist, und in keinem ein Theil desselben. Aber es möchte Jemand einwenden, das Siegel ist nicht in allen Abdrücken ganz und dasselbe. Daran ist aber nicht das Siegel Schuld (denn das theilt sich Jedem ganz und als dasselbe mit), sondern die Verschiedenheit des Empfangenden." Auch Richard von St. Viktor erblickt in dem Absoluten das ewige Gut, sofern und weil es die absolute Identität ist[3]). „Die nach dem Bilde Gottes geschaffene Seele, sagt Bernhard[4]), kann von allem Uebrigen besessen, nicht erfüllt werden. Was geringer als Gott ist, wird sie nicht erfüllen. Daher rührt es, dass durch ein natürliches Sehnen Jeder überwiesen wird, das höchste Gut zu begehren und keine Ruhe hat, ehe er es ergriffen." „Wenn und wo dich Gott bereit findet, sagt Tauler[5]), so muss er wirken und sich in dich ergiessen. In gleicher Weise, wenn die Luft lauter und rein ist, so muss sich die Sonne ergiessen, und mag sich nicht enthalten." Ebenso die deutsche Theologie[6]): „Gleich als spräche Gott: Ich bin ein lauter einfältig Gut, also mag ich nichts wollen, begehren, thun oder geben, denn Gut. Soll ich dir wegen deines Uebels oder deiner Bosheit

1) de div. nom. IV, 1. — 2) ib. II, 5, 6. — 3) de trin. II, 16. 17. — 4) declam. opp. II p. 191 a. — 5) Pred. 20. — 6) 33 § 2.

lohnen, so muss ich es mit Gutem thun, denn ich bin und habe sonst nichts Andres.“ Philosophischer Meister Ekhart[1]): „Und ich spreche, seine Gottheit hänget daran, dass er sich gemeinen müsse allem dem, das seiner Güte empfänglich ist, und gemeinte er sich nicht, er wäre nicht Gott.“

So nennt denn Dante Gott auch das Brod der Engel, von dem man dort lebt, aber nicht satt wird, parad. II, 11 f. Brod der Engel nennt Gott auch der Areopagit[2]). Augustin sagt[3]): „Gott ist im himmlischen Staat gemeinsames Leben und Nahrung.“ Und Hugo von Viktor[4]): „Unser Gott ist sowohl Speise als Trank. Speise, wenn er durch die Erkenntniss genommen wird, Trank wenn durch die Liebe.“

Um so mehr theilt sich ein Wesen mit, gemeinsamt sich, je ganzer (totaler, also einiger) und je voller (reicher) es ist; dagegen um so mehr nimmt es an sich, um so süchtiger ist es, je unganzer (uneiniger) und je leerer (ärmer) es ist. Sich gemeinsamen ist edel und gut; sich isoliren und vielmehr an sich nehmen ist schlecht und böse. Die Liebe ist das Gute, die Selbstsucht das Böse. Aber in Liebe geben ist auch seliger, als in Selbstsucht nehmen. Ein Wesen, das sich an Viele giebt, lebt sich selbst in Vielen, vervielfältigt sein Leben und seine Lebensbefriedigung. Gott, das absolut Ganze und Einzige, gemeinsamt sich schlechthin und Allem; so giebt Er sich jedem Einzelnen ganz, denn im Geiste ist das Princip ganz in allen seinen wesentlichen Wirkungen. Die Creatur aber kann sich nicht von sich selbst gemeinsamen, sie erhält die Fähigkeit dazu und damit ihre wahre Freiheit und Integrität nur in Gott.

Als höchstes allersehntes Gut nun bewegt Gott „den

---

1) Pred. 73. — 2) de coel. hier. VII, 4. — 3) de civ. Dei XXII, 1. — 4) 1 misc. I, 143.

ganzen Himmel mit Liebe und Sehnsucht", parad. XXIV, 131. Näher erklärt sich der Dichter parad. I, 106 ff.:

Und sie begann: Die Dinge alle haben
Sie eine Ordnung unter sich und die ist
Die Form, die Gott das Welten-All macht ähnlich.
Hier sehen an die hohen Creaturen
Den Gang der ew'gen Kraft, welche das Endziel,
Zu dem gemacht ist die beregte Ordnung.
Derselben, die ich meine sind ergeben
Alle Naturen in verschied'nen Loosen,
Ihrem Princip sei's näher, sei's entfernter.
Daher auch ziehen sie zu verschied'nen Häfen
Dahin durch's grosse Meer des Seins und Jede
Mit dem Instinkt, gegeben sie zu tragen.
Der trägt empor das Feuer nach dem Monde,
Der ist Beweger in der Menschen Herzen,
Der bindet und vereint in sich die Erde.

Wenn im Hervorgehen aus Gott jedes Ding dem centrifugalen Trieb seines Selbstbestehens folgend sich von Gott und von allen andern entfernt, so dagegen wird es durch die Gewalt und den Zauber der unvergleichlichen Güte des Absoluten, welcher die unendliche Negativität, Bedürftigkeit der Natur des Dinges entspricht, wieder angezogen und umgewandt, und indem sich diese Relation auf das eine gemeinsame Ziel, das Absolute, in Jedem doch wieder auf eines Jeden besondere Weise ausdrückt, stellt sich die Weltordnung her, durch welche das All insofern Gott ähnlich ist, als wenn Gott das schlechthin Eine ist, das All das Eine ist im Vielen und Verschiedenen. Zum Beweis, dass der obige Gedanke unsers Dichter-Philosophen in der Theologie seiner Zeit nicht unbekannt war, diene eine Stelle aus den Predigten Meister Ekhart's[1]), wo derselbe sagt: „Alle Dinge von Natur, die folgen zu Gott in etlicher Weise. Das Feuer zieht

1) Pred. 53.

aufwärts und die Erde niederwärts und also gleich suchet eine jegliche Creatur ihre Statt, als sie Gott verordnet hat."

Jemand, der die Mystik nur aus den oberflächlichen Begriffen unserer Compendien der Geschichte der Philosophie kennt, würde hier sofort auf eine Spur Aristotelischer Meisterschaft schliessen nach Jenem, dass „Gott die Dinge bewege unbewegt wie das Strebenswerthe und Vernünftige." Allein wir begegnen in unserm Texte einem Fundamentalsatz der Mystik. *Ἐξ ὧν ἡ ἀρχή*, sagt Philo[1]), *πρὸς ταῦτα καὶ τὸ τέλος* („aus dem der Ursprung dahin auch das Endziel"). Und Skotus Erigena[2]): Finis motus est principium sui („das Ende der Bewegung ist ihr Anfang" oder „das Ziel der Bewegung ist ihr Princip"). Mit „Birmah's" Sünde und Abfall bezeichnet die indische Spekulation die centrifugale Aktion, in der die Dinge hervorgehn, mit „Schiwa" ihr Zurückgehn in die Identität, in „Wischnu" aber kommt die geordnete Welt zu Stande, indem die centrifugale und die centripetale Aktion einander binden und gegenseitig beschränken. Dasselbe deutet die Zend Avesta mit Ormuzd und Ahriman, und dem „Mittler" Mithra, die Aegyptische Theologie mit Osiris und Typhon und mit Horos an, der den Typhon „nicht völlig aufhob, sondern ihm blos seine Energie nahm — ihn überwältigte, aber nicht vernichtete, daher auch zu Coptos des Horos Bild in der einen Hand die Schamtheile des Typhon hält[3])." Auch nach Empedokles kommt in der gegenseitigen Beschränkung von Streit und Liebe die Weltordnung zu Stande, und Heraklit sagt: „Entgegengesetzt (in den Gegensätzen des Wegs nach unten und des Wegs nach oben) ist die Harmonie des Alls." Nach Pythagoras geht aus der Einheit die schlechthinige Differenz, die unbestimmte Zweiheit hervor, die in der Dreiheit wieder in

---

1) de sacrificant. 2. — 2) de divis. naturae V, 3. — 3) Plut. de Is. et Os. c. 40. 55.

die Einheit hinaufgenommen wird. Der Vollsinn der Platonischen Speculation wird durch Plotin zu Tage gebracht. Zunächst geht aus der absoluten Identität die einheitslose Differenz hervor, die „Anderheit", welche das Böse ist. Diese bedarf der Bestimmung, sie wird aber bestimmt, indem sie „zu dem Einen umgewandt wird." Damit wird die Differenz in Beziehung, in lebendige Einheit gesetzt.

So ist nun dem Dante Gott auch der (ideale) Schwerpunkt des Alls, in dem Alles in Gleichgewicht zusammen besteht, par. XXIX, 3.

Parad. XV, 55 f. sagt ein seliger Geist zu Dante: „Du glaubst, dass deine Gedanken sich mir aus dem ergeben, das das Erste ist, wie aus der Eins die Fünf oder Sechs," d. h. wie die einzelne endliche Folge aus dem Princip, das eben die absolute Einheit, die über den Zahlen stehende Einheit oder Gott ist. Wenn nun die Natur des Absoluten an sich die unendliche Identität ist, so deutet Dante doch auch an, wie aus dem einfachen Grunde die Entwicklung sich entspinnt. Denn parad. XIX, 28 f. sagt er:

Das Ein und Zwei und Drei, das immer lebet
Und immer herrscht in Drei und Zwei und Einem.

Also aus der Einheit die Zweiheit, aus der Zweiheit die Dreiheit; wiederum durch die Dreiheit zur Zweiheit, durch die Zweiheit zur Einheit. In der Zweiheit vermuthe ich die zweite Person in der Dreieinigkeit, sofern dieselbe als die Intelligenz des Vaters in der ersten Differenz, der Differenz des Wissenden und Gewussten, besteht; in der Dreiheit aber die dritte Person oder den heiligen Geist, sofern derselbe die Liebe ist, welche als Ende die Mitte (den Sohn) in den Anfang zurückführt und in der Dreizahl den Process abschliesst. So gehen nun die Dinge aus der Eins (dem Vater) durch die Zwei (den Sohn), aus der Zwei durch die Drei (den Geist) hervor, und kehren durch die Drei zu der

Zwei, durch die Zwei zu der Eins wieder zurück. Aehnlich auch Meister Ekhart[1]): „Eine Seele soll mit der Menschheit begreifen die Person des Sohnes, und mit der Person des Sohnes begreifen den Vater, und mit der Person des Vaters das einfältige Wesen, und soll sich verlaufen in den Abgrund ohne Materie und Form.“ So wird ferner par. XIII, 55 f. der Vater als die Substanz oder das Subjekt der Gottheit das „Leuchtende“ — der Sohn als die Kraft und Realität das „lebendige Licht“ — der heilige Geist als die gegenseitige Liebe, nicht minder aber als das Strahlen (raggiáre) gefasst, das Beider Inhalt ausgiesst, und in seine Effekte führt. Und XXXIII, 124 f. wird summarisch die heilige Dreieinigkeit der Gottheit erklärt, als die in ewiger Selbsterkenntniss und aus der Selbsterkenntniss hervorgehenden Selbstliebe in sich ruhende ewig reine absolute Lebensklarheit:

O ewig Licht, das nur in dir du ruhest
Nur dich erfassest, und von dir verstanden,
Und dich erfassend, liebend dich anlächelst ...

Die Einheit erscheint als sich belebend und aktualisirend in der Dreiheit, die nur wie eine Reflexion-in-sich (nach dem Hegel'schen Ausdruck) der Identität ist[2]). Endlich Inferno III, 5, 6 wird der Vater als Macht oder Allmacht, der Sohn als die Weisheit, der heilige Geist als die Liebe erklärt. In dem göttlichen Verstande aber ergiebt sich eine innere Vielheit, ein System transcendenter Wesenheiten, die alles, was in der zeitlichen Region auf eine einzelne und vergängliche, insofern zufällige Weise entsteht und geschieht, auf eine allgemeine ewige und nothwendige Weise darstellt und voraushat, eine intellektuelle und ideale, eine wesenhafte und gottinnige Welt. Vgl. parad. VIII,

---

1) tract. XI, 3; vgl. auch Scot. Erigena de divis. naturae III, 4. — 2) v. 118 f.:

El' un dall' altro, come Iri da Iri
Parea riflesso.

90. XV, 55 f., XVII, 15 f. Und so liesse sich vielleicht par. XIII, 58 f. deuten, wenn wir dort der Lesart des Nideobeatischen Textes folgen (nuove, nicht nove): „Ewig eins bleibend in sich, sammelt er seine Strahlen (zunächst) gleichsam gespiegelt in neuen Subsistenzen" d. h. den Ideen. Diese sind die wahren an sich nothwendigen Subsistenzen, Wesenheiten der Weltdinge; indem sie aber in die zeitliche Region hinabsteigen und als causae primordiales die zeitlichen Dinge aus sich hervorbringen, schlägt in diesen, ihren letzten und äussersten Wirkungen der Charakter der innern Nothwendigkeit und Wesentlichkeit in den Charakter der Zufälligkeit und Scheinhaftigkeit um. Alles ist nach seinem Wesen eine innere Folge aus Gott und als solche in Gott; aber in seiner Erscheinung, sinnlichen Realität nimmt es einen selbstständigen unabhängigen Schein an. In welcher Beziehung der Areopagit sagt, dass Gott die Welt erkennt, indem er sich selbst erkennt, und Augustin, dass Gott das Vergangene, Gegenwärtige, Zukünftige, alles in seiner Weisheit oder Intelligenz auf eine stabile unveränderliche Weise erkenne, wie auch nach Dante die gottinnige Seele alles zeitlich Geschehende in Gott auf eine nothwendige und wesentliche Art in seinen transcendenten Wesenheiten erkennt, parad XVII, 16 f.; ein Gedanke, der auch von Plotin ausgesprochen wird[1]). Und in einem andern Buche[2]) sagt Dante selbst, dass Gott in sich Alles sowohl in Einem sehe, als auch unterschieden, und zwar nicht in seiner einzelnen zufälligen Existenz, sondern in seinen ewigen Wesenheiten. Und in dieser Beziehung erklärt er ebendort[3]), dass in Gott die Weisheit und Philosophie auf absolute Weise sei, quasi per eterno matrimonio. Eben jene gottinnige Idealwelt aber ist auch die eigenthümliche Wurzel- und Lebenswelt der Geister (mentes) der Menschen. Daher heisst sie auch das Lebens-

---

1) enn. IV, 4 § 1. — 2) convito III, 6. 12. — 3) ibid. III, 12.

buch parad. XV, 49 f.[1]), ebenso das himmlische Jerusalem, der Staat Gottes, dessen typische Repräsentation, wie wir unten auseinandersetzen, Beatrix ist.

Setzen wir unsere Orientirung in der Gesammtgeschichte fort. Das Original der christlichen Dreieinigkeitslehre finden wir in der platonischen und neuplatonischen Philosophie. Aus dem Einen geht die Vernunft (νοῦς) oder der Geist, das Ebenbild und die Kraft des Einen herver, welche die Einheit und zugleich Gegenseitigkeit des Wissenden und Gewussten ist. Das Eine ist das schlechthin Innige, Innerliche. Aber auch der Geist, auf das innigste, wesentlichste an der Natur des Einen theilnehmend, ist durchaus innerlich. Daher sind in ihm seine innern Differenzformen Subjekt und Objekt nicht ausser einander, sondern die Einheit spielt nur gleichsam in Subjekt und Objekt, Denken und Sein; der Geist ist Denken mit der Bestimmung des Seins, Sein mit der Bestimmung des Denkens. Aber mit und durch den Gegensatz ergiebt sich auch die Vielheit, diese ist eine zwiefache. Denn einmal bricht sich gleichsam der Geist in sich selbst, so in der Einheit seiner selbst und zugleich der Vielheit der Geister νόες (mentes) bestehend, dann auch entwickelt er aus sich die intellektuelle Welt — (κόσμος νοητός) der Ideen, die er gleichfalls auch in der Vielheit der Geister, seiner innern Theile, in einem Jeden derselben darstellt. Da der (absolute) Geist das Denken mit der Bestimmung des Seins ist, so sind die Ideen auch die Wesenheiten und umgekehrt. Allein bei der durchaus innerlichen Natur des Geistes ist auch dieses innere Verhältniss desselben nur wie gleichsam ein Spiel der absoluten Einheit in der universalen Einheit (des absoluten Geistes) und in der Vielheit (der Geister), und die Einheit des absoluten Geistes ist auch die Vielheit der

1) Ueb. d. Auslegung s. Hugo de arca morali II, 12. Bonaventura breviloquium ps. I, c. 8.

Geister und diese jene, und das Denkende ist seine Gedanken und diese sind jenes. Die nächstfolgende Manifestationsform des Absoluten ist die Weltseele, die sich zum absoluten Geist wie der stille Gedanke zum lauten Wort verhält. In ihr hebt die eigentliche Individualisirung, die Scheidung und Verselbstigung des Einzelnen an. Denn sie ist die erste emanente Manifestation des Absoluten. Philo hat für die Weltseele den emanenten Verstand, λόγος προφορικός entgegengesetzt dem immanenten Verstand, λόγος ἐνδιάθετος. Die Dreieinigkeitslehre der Kirchenväter ist durchaus nach den Platonikern reproducirt. Clemens und Origenes entnehmen aus der absoluten Einfachheit des Vaters die Nothwendigkeit einer Vermittelung mit den vielfachen Weltdingen durch die Einheit der Einheit und Vielheit oder den Sohn. Augustin deutet klar die Herleitung seiner für die folgenden Zeiten mustergültigen Dreieinigkeitstheorie von den Platonikern an[1]). Das Sein, das Eine, die Substanz ist der Vater, der Sohn die Weisheit, der heilige Geist die Liebe[2]). Das System des Scotus Erigena, der die neuplatonische Trias esse, posse und agere oder essentia, virtus, actus, entsprechend dem Dante'schen lucente, luce und raggiare, auf die Dreieinigkeitslehre anwendet, gibt, wie Dante, dem Geiste diejenige Funktion, die nach dem platonischen System der Weltseele zugetheilt ist. Dagegen dem Philo folgen die deutschen Mystiker[3]). Den Ternar Einheit Weisheit Liebe oder Macht Weisheit Güte finden wir schliesslich in der ganzen Theologie des 12. und 13. Jahrhunderts, bei Thomas von Aquino, bei dem heiligen Bernhard, bei den Viktorinern, bei Bonaventura[4]).

---

1) vgl. conf. VII, 9 de civ. Dei X, 22. — 2) de civ. Dei X, 24. 29. doct. chr. I, 11. — 3) Ekh. Pr. 88. 103. Tract. XVIII. Spr. 62. Tauler, Pr. 8. — 4) s. nam. breviloq. ps. I, 3 u. 6.

VIERTES CAPITEL.

DIE KOSMOLOGIE DANTE'S.

„Die erste und unaussprechliche Kraft (valore — d. i. der Vater), sagt Dante parad. X, 1 ff., machte die geistige und die himmlische Welt (quanto per mente o per occhio si gira — τὸν κόσμον νοητὸν καὶ τὸν κόσμον αἰσθητόν. Ueber das girare weiter unten —), auf ihren Sohn blickend mit der Liebe (d. i. dem heil. Geist), welche die eine und der andere ewig haucht, in solcher Ordnung, dass nicht ohne Schmack von ihr (der ewigen Kraft) sein kann, wer das anschaut." Nach Inf. III, 4 ff. ist die Schöpfung das gemeinsame Werk der heil. Dreieinigkeit. Der Sohn ist der Inbegriff der idealen Musterbilder, Typen. In der Reflexion auf diese innere Tiefe der Wunder entzündet sich die Liebe: diese (der Geist) ist das Schöpferische Schaffende unmittelbar selbst, wie es par. VII, 73 heisst „die heilige Gluth, die alles strahlt" (raggia). So auch hat nach Plato der Schöpfer die Welt gemacht, auf das Ewige sehend (die Ideen im νοῦς) und sich dessen als Vorbild (Paradigma) bedienend"[1]). „Und wie das Vorbild (die Idealwelt) ein ewiger Organismus (ζῷον) ist, so suchte er auch dieses All nach Möglichkeit ebenso auszubilden"[2]). Nach Philo[3]) ist die intellektuelle Welt

1) Timaeus p. 28; vgl. Parmenid. p. 132 d. — 2) ib. 37 d. 3) de mundi opific. 6.

oder Stadt „der Gedanke des die Gründung der sinnlichen nach der intellektuellen — beabsichtigenden Baumeisters.“

Was Gott unmittelbar schafft, die rationale Creatur, ist unsterblich, „weil das sich nicht wandelt, was er selbst siegelt.“ „Siegel“ ist hier soviel als „Form“, d. h. specifisches Wesen, Kraft und Qualität. Das Siegel, sofern es von Gott geführt wird, ist der Sohn Gottes, die absolute Vernunft, sowie Philo sagt[1]) „die Seele sei mit dem Siegel Gottes geprägt, dieses Siegel aber sei der Logos“ — sofern die Seele es als ihr Gepräge trägt, ist es das Ebenbild Gottes, nach der Erklärung St. Bernhards[2]) und Hugo's von St. Viktor[3]), also die geistige ideale Substanz (mens, *νοῦς*) der Seele, in der sie nach dem Cardinal von Cusa als Endliches zugleich wesenhaft Allgemeines und Unendliches ist. „Was er selbst siegelt“, ist im Gegensatz zu dem gemeint, „was der Himmel siegelt“, den vergänglichen Naturprodukten und -Phänomenen. Eben dasselbe, die rationale Creatur nun weiter ist auch frei, zunächst in der Beziehung, dass sie dem nicht unterliegt, was durch sie und nach ihr hervorgeht, dem Gestirn und der Ordnung des Himmels oder der zeugenden Natur, parad. VII, 67 ff. Die Freiheit des menschlichen Willens ist gemeinsamer Grundsatz der Kirchenväter und der mittelalterlichen Theologie. Hier wird übrigens, wie in Plato's Timaeus, die Entstehung der Creaturen von der „neidlosen Güte Gottes“ abgeleitet v. 64—67:

Die ew'ge Güte, die weithin verschmähet
Jeglichen Neid, sprühet in sich erglühend,
So dass die ew'gen Reize sie entfaltet.

Von der Idealwelt steigen die göttlichen Emanationen herab

---

1) de plant. Noë 2. — 2) Bernh. opp. T. II, 2. Sermo in die natali domini p. 26 g. — 3) Hugo de St. Vict. 2 misc. I, 44.

von Stufe zu Stufe bis zu den zahllosen kurzlebigen Individuen der Erde, par. XIII, 58 ff.:

> Quindi discende all' ultime potenze,
> Giu d'atto in atto tanto divenendo,
> Che piu non fa che brevi contingenze.

Die continuirliche Kette der Emanationen ist eine Grundlehre der mystischen Theologie, vor allem Plato's und der Platoniker. In deutlichen Worten wird sie von Dante auch convito III, 7 ausgesprochen. Meister Ekhart vergleicht die Folge der Emanationen mit den Nüancen des Regenbogens[1]), anderswo mit den Kreisen, die ein in ein tiefes Wasser geworfener Stein auf der Oberfläche zieht.

So begegnen wir ferner auch bei Dante der alten Lehre, nach welcher der Himmel das Aktive, Zeugende, die Natur der Erde das Empfangende und Gebärende ist — jener Osiris-Zeus, diese Isis-Demeter. Der Himmel führt das Siegel, die Erde ist das Wachs, d. h. der Himmel giebt die Form, die Erde ist die Materie, oder der Himmel giebt die Bildungskraft, die specifische Kraft und Qualität, die Erde ist die Matrix, die die sämliche Energie empfängt, corporisirt, nährt, par. XIII, 64 ff. Die durch das ganze Weltall ausgegossene Kraft vervielfältigt, individualisirt sich in den Sternen, und von diesen hinabsteigend in den Planeten. Diese sind die Organe der Welt, organi del mondo. Der höchste Himmel empfängt die sämlichen Bilder immagine (*λόγοι σπερματικοί*) aus dem „tiefen Geist, der ihn umwälzt" dalla mente profonda, che lui volve, und zwar, wie Dante im convito hinzufügt, ihn umwälzt solo intendendo oder pure per la specolazione[2]) — im Allgemeinen also aus der geistigen transcendenten Natur. Sie fliessen zuerst den Fixsternen zu, von da den Planeten, von den Planeten werden sie in ihre

1) Pred. 36. — 2) convito II, 5. 6.

Effecte geführt, d. h. in die Materie projicirt, in ihr in Aktion gesetzt und entwickelt, als Siegel ihr aufgeprägt, so dass was jene Organe der Welt „von oben nehmen," sie ebendasselbe „nach unten machen", ausführen, ausgestalten. Wie aber das ganze All als höhres Lebens- und Richtungsprincip der göttliche absolute Geist (νοῦς) regiert, so hat auch jeder Himmelskreis, jeder Stern sein transcendentes Princip, seinen Engel oder νοῦς, parad. II, 112 ff. Die Gestirne sind nach den Platonikern selige Götter, von höheren Intelligenzen νόες (vgl. oben) beseelt. Die christliche Theologie und schon Philo machten daraus Engel. Der Geist (mens, νοῦς) entwickelt die Ideen, die Seele die logischen Principien (rationes, λόγοι). Der λόγος ist die „Form", d. h. die specifische Kraft und Qualität der natürlichen Dinge. „Nicht das Feuer muss hinzukommen, sagt Plotin[1]), damit die Materie Feuer werde, sondern λόγος." Der Logos ist das real und aktuos, was die Idee in transcendenter Idealität ist; er ist das in abstracto, was die Idee in concreter Innerlichkeit ist; das in differenter Bestimmtheit, was die Idee identisch ist. Der Logos ist die emanente Idee, ähnlich, wie sich das laute Wort zum stillen Gedanken oder Sinn verhält. Die Theorie ist ganz dieselbe, als wie sie Dante hier an dem oben angeführten Orte ausspricht. Die Ideen, durch die Himmelskreise herabsteigend, werden hier die sämlichen Kräfte Bildungskräfte, die zuletzt in den organischen Produkten der Erde, als deren specifische Qualitäten offenbar werden. Plotinisch oder Platonisch ist auch der in folgendem v. 142 ff. ausgesprochene Gedanke:

Per la natura lieta, onde deriva,
La virtu mista per lo corpo luce,
Come letizia per pupilla viva.

„Vermöge der seligen Natur, von der sie ausfliesst (wie der

1) enn. III, 8 § 1.

Fluss aus der Quelle) leuchtet die Kraft durch den Körper gemischt, wie Freude durch die Pupille.“ Das Licht ist durch die Leiblichkeit durchscheinende, sich leiblich manifestirende innere Befriedigung, Seligkeit der rationalen Natur; wie auch Plotin sagt[1]: „Alle Materie sei finster, denn das Licht sei ὁ λόγος, καὶ ὁ νοῦς λόγος.“ Diese aus der seligen Natur des Transcendenten ausfliessende Tugend ist das Form- oder Bildungsprincip, das conform seinen inneren sittlichen Bestimmungen das Trübe und das Klare hervorbringt, wie im Gedicht weiter erklärt wird.

Die Ordnung des Weltalls, die durch den idealen Mittelpunkt bestimmt ist, ist eben das Ebenbildliche, das der Welt mit Gott ihrem Urheber eigen ist, par. I, 103. Ein durchaus platonischer Gedanke[2], den auch Thomas von Aquino hat. Die geistigen Creaturen bewegen sich um das Absolute im Kreise. Denn der Geist kreist nach Plotin und dem Areopagiten um das Eine, weil er von demselben angezogen wird, dennoch aber nicht in dasselbe aufgeht, sondern er selbst bleibt; in der Mitte solcher centrifugalen und centripetalen Tendenz erzeugt sich die Kreisbewegung. Auch nach Scotus Erigena besteht der Geist in der Circularbewegung um das Eine. Die Kreise und Perioden der Gestirne und Himmel sind die Wirkung und der räumliche und zeitliche Ausdruck jener höhern wesentlichen Circularbewegung der höhern Intelligenzen, welche ihnen inne wohnen, sie inspiriren. Der göttlichen Welt wohnt Gott ein, d. h. ist Gott als Lebensprincip immanent, das ganze Weltall durchwohnt er als Herrscher (inferno I, 131); wie auch Hugo[3] sagt: „In der Welt ist Gott als Herrscher (imperator), in der Kirche (Gemeinde) als Vater (pater familias, organisches Princip).“ In der göttlichen Sphäre ist alles voll-

---

1) enn. IV, 4 § 5. — 2) vgl. Plotin. enn. IV, 4 § 10. — 3) de arca morali I, 1.

kommen, reif und ganz, daher unveränderlich, parad. XXII, 64 f.:

Ivi é perfetta matura e intera
Ciascuna disianza: in quella sola
É ogni parte lá dove semper era.

Auch der geschichtliche Process, soweit er ausserhalb der sittlichen Selbstbestimmung liegt, ist nicht minder, wie der natürliche durch eine göttliche, vernünftige Nothwendigkeit bestimmt. Die Total-Aktion des Ewigen löst sich in der sinnlichen Welt in die getheilte Aktion der Zeit auf. Die Masse des Naturlebens sind die Perioden, Umwälzungen der Gestirne, welche die Naturerscheinungen regieren und in ihnen ihre grossen allgemeinen Lebenstypen ausprägen. Dem entsprechend wird die einfache Ordnung der transcendenten Vernunft in der Geschichte ein wechselndes Steigen, Gipfeln (Blühen) und Schwinden der Völker, inf. VII, 78 ff. Der scheinbar blinde Glückswechsel ist nur der irdisch-zeitliche Ausdruck der einfachen Ordnung des Vernünftigen. „Wie Gott den Himmeln einen Leiter gab, der sie in ihren gegenseitigen Verhältnissen ordnet, so auch setzte er den weltlichen Leuchten eine allgemeine Beamtin und Führerin, die zu fester Zeit die eitlen Güter von Volk zu Volk wechselt." Ganz denselben Gedanken äussert Philo in der Schrift quod deus immutabilis, wo er sagt: „Im Kreise schwingt sich der göttliche Logos (— hier der λόγος προφορικός), den die Menge Zufall (Glück, τύχη, die Fortuna Dante's) nennt; in ewiger Bewegung geht er von Stadt zu Stadt, von Volk zu Volk, von Land zu Land, und in verschiedener Zeit ertheilt er dem Einen, was dem Andern eigen war, damit wie Ein Staat die Erde die beste Verfassung habe, die Demokratie (als in der Jeder gleich ist vor dem Gesetze)." Eben dies ist die Grundidee und das eigentliche Thema des berühmten Buches de consolatione philosophiae. Plotin setzt sie in der dritten Enneade auseinander, und Proklos besonders in dem von Viktor Cousin edirten Buch de providentia et fato.

Die Hölle ist die Basis des Universums il fundo dell' universo inf. XXXII, 8, der Abgrund abysso purg. I, 44. In ihr ist Finsterniss und Zerrüttung, Erstarrung und Bindung der Lebensevolution; wie Dante sagt, da er den Weg durch das Centrum der Erde, das zugleich das Centrum des Bösen ist, nimmt:

> Ich starb nicht Todes, ich blieb nicht lebendig;
> Denk' nun bei dir, wenn du hast Witz ein wenig,
> Wie ich da ward, bar Eines und des Andern.

Was haben wir hier Andres zu verstehen, als das nichtige Scheinleben der Materie des rein Passiven, während der Himmel die freie Expansion der wesenhaften Vernunft ist. So auch ist es nach par. I, 127 ff. das Wesen jeder Creatur als solcher und so der menschlichen Seele, Materie zu sein, die von der Kraft des göttlichen Lebens als ihrem formal principio erst figurirt werden soll[1]). Es giebt also nach Dante eine geistige Materie, wie es eine sinnliche giebt; jene ist die wahre Materie, diese ihre Wirkung und Copie. Nämlich die absolute Identität ist das Wesen, die Substanz schlechthin. Die erste Bewegung, in der von ihr aus reale Wesen ausser ihr entstehen, muss die centrifugale sein. Eben in dieser Centrifugalität, durch die sie als solche individuelles Selbstbestehn haben, besteht abstrakt genommen ihre Wesenlosigkeit, Nichtigkeit, Scheinhaftigkeit; eben dieselbe aber ist die nothwendige Basis ihres Bestandes, die nun in der Durchdringung mit dem wesenhaften Leben zur wahren Wirklichkeit und Freiheit erhoben wird. Insofern als Basis heisst sie mit Recht „Materie." Wir haben schon die Belege aus den indischen, ägyptischen und per-

1) vgl. convito III, 6.

sischen Spekulationen, sowie den hellenischen vorsokratischen angeführt. Nach der Kabbalah bringt Ain Soph zuerst 10 Gefässe hervor, die es alsdann mit seinem Lichte erfüllend, seine erste und absolute Manifestationsform (Adam Kadmon) gewinnt. Soweit diese Gefässe noch ihres göttlichen Inhalts (Substanz, göttlicher Substantirung) entbehren, in welcher Beziehung sie (leere) Schalen (K'lifoth) heissen, zerbrechen, zerfallen sie und ihre Getrümmer (fragmenta) sind die Natur des Bösen. Nach Plotin ist die erste Bewegung aus dem Absoluten eine centrifugale, eben darum in Widerspruch auseinandergehende. Eben dieses aber ist die intellektuelle, die wesentliche (geistige) Materie, von der die natürliche Materie nur das äussere Abbild (εἴδωλον) ist. Und der Autor des Buchs „von den Geheimnissen der Aegypter" sagt: dass die Materie von der entzweiten Wesenheit entspringe [1]). Wenn nun Augustin, Boethius, der Areopagit, Scotus Erigena und die folgenden, wie Thomas von Aquino, Bonaventura das Böse für die Beraubung des Seins, für das Nicht-Sein erklären, das eben deswegen nicht total, sondern nur partiell sein könnte, so haben sie die Sache eben ein wenig zu wörtlich genommen. Denn nicht das Sein (die Existenz) wurde von der alten Lehre dem Bösen abgesprochen, sondern das wahre wesenhafte Sein, das Wesen, nicht das esse = existere, sondern das essentialiter esse, die essentia. Ekhart kömmt dem Original nahe, wenn er sagt [2]): „Alles, das gebrechlich ist, ist Abfall vom Wesen. Gottes Eigenschaft ist Wesen." Dante wendet sich der alten Lehre entschieden wieder zu. Sagt er doch ausdrücklich, dass Gott die Hölle geschaffen; Gott hat die Creaturen in ihrer Nichtigkeit, d. h. von dem Unendlichen getrennten, aus der Indifferenz in die einheitslose, principlose Differenz herausgetragenen Natur werden lassen,

1) VIII, 3. — 2) Pred. 82.

um sie mit seinem Licht zu verklären, in den Aktus der Unendlichkeit zu erheben, und sofern Gott sie werden liess, sofern **sind** sie auch, auch wenn der göttlichen Gestalt entblösst und in ihrer nackten Differenz fixirt. Ebenso, wenn er sagt: Ich starb nicht — negirt er entschieden das Vernichtetsein, also Nicht Sein (Nicht-Existiren), wie auf der andern Seite ebensosehr die freie selige Expansion der Lebenskräfte, das „ewige Leben". Die Bösen sind nun eben jene geistigen Naturen, die in der Nacktheit ihres endlichen Scheinwesens aller höhern Bestimmung (Bekleidung) ermangeln. Daher heissen sie lasse e **nude**, Inf. III, 100. Gott ist auch der Erkenntnissgrund (ratio intelligendi) und weil die Bösen dessen ganz ermangeln, inf. III, 18, daher heisst ihr Reich blinde Welt, thörichte Strasse IV, 13. VIII, 91. Wie ihr Denken ohne Licht, in Wahn und Wahnsinn, Taumel umirrend, so auch ihr Wollen ist ein solches, das nur Böses will, purg. V, 112. Ihre sinnliche Manifestation ist im Innern der Erde, wo die chaotischen Kräfte der gestaltlosen Materie walten; nicht dass sie dort räumlich eingeschlossen seien, sondern weil sich dort ihre Wirkungen auf die Natur concentriren, weil sie dort ihre concentrirteste Erscheinung gewinnen, kurz weil und insofern sie dort mit der Natur vorzüglich correspondiren (vgl. conv. III, 7, wo es heisst, die Erde sei die am meisten materialisirte, daher von der rein intellektualen Kraft des Absoluten am meisten entfernte und unverhältnissmässige Welt). Ebenso wohnt nach Dante Gott im Himmel, nicht umschrieben, sondern sofern Er innerhalb der Natur zum Himmel das nächste Verhältniss hat purg. XI, 1 f.; und die Seligen wohnen in den verschiedenen Himmelssphären, wo sie im paradiso erscheinen, nicht eigentlich räumlich, sondern erscheinen deshalb örtlich vertheilt, um durch die analogen räumlichen und sinnlichen Abstufungen die inneren Lebensunterschiede und Entwicklungsstufen anzuzeigen, parad. IV, 30 ff. Auch

Meister Ekhart[1]) zieht eine Parallele zwischen den äussern Himmelssphären und den innern Lebensstufen. Und wenn nun die Bösen mit dem Erdinnern, die Vollendeten mit dem Himmel correspondiren, so die noch im Buss- und Reinigungskampf Ringenden mit der Oberfläche der Erde, an der die reine Kraft des Himmels mit der finstern Kraft der Erde ringt, und sich vielfach mit ihr vermischt und durchkreuzt. Das Wesen des Purgatoriums beruht darin: Weil alle Heiligung und Heiligkeit auf der Entsagung (Occultation) des natürlichen und Eigen-Willens gründet, die Sünde aber auf einer Thätigkeit (Manifestation) desselben, so wird diese nur durch ein Leiden getilgt, das der Thätigkeit graduell und qualitativ genau entspricht, purg. XI, 70[2]). Dieses Leiden aber ist, wie überhaupt das Purgatorium, kein Ort, sondern ein Zustand, — ein innerer Vorgang, den die Imagination nur objektivirt, purg. XI, 26. Die Seelen tragen Lasten, simile a quel, che tal volta si sogna. Die Vollendeten sehen Alles Ewiges und Zeitliches und das Zeitliche auf ewige Weise in Gott, wie auch Heinr. Suso im „Buch der ewigen Weisheit", wo er das Paradies schildert, sagt: „Siehe, wie sie den lautern, klaren Spiegel der blossen Gottheit anstarren, in dem ihnen alle Dinge kund und offenbar sind." Sie bilden einen Organismus, der im absoluten Gesichtspunkte Ein untheilbares individuelles Ganzes, Ein Individuum ist, vgl. par. XIX, 10 ff. So sagt auch Hugo von St. Viktor[3]): „Viele Seelen sind Eine Seele, wegen des Einen Glaubens und der Einen Liebe." Die tiefere Fassung ist in der Philosophie des Plotin enthalten, wovon bereits oben.

---

1) Pred. 67, 1. Siehe überhaupt die ganze Predigt und die folgende 67, 2, welche zu der Dante'schen Weltansicht eine vollständige Parallele giebt. — 2) vgl. Ekhart in der 104. Predigt. „Es ist Nichts, das alle Untugend so sehr tödtet, als Leiden." — 3) de arca morali IV, 8.

Eins glaube ich auch hier noch hinzufügen zu müssen, obwohl ich dasselbe schon im Anhange meiner „Grundlehren" angeführt habe. Es war ein Grundsatz auch der mittelalterlichen Mystik, dass, da Alles aus Einem, Alles auch in Alles verwandelt werden könne. Diesem Grundsatz entsprang die Idee der Alchymie, die keineswegs für eine Lüge, sondern eine allgemein anerkannte Wahrheit, und nicht für einen Frevel, sondern für eine priesterlich-heilige und nur durch innere Heiligung und besondere Offenbarung erreichbare Kunst angesehen wurde. Dies geht u. A. auch aus den Worten Meister Ekharts hervor, wenn er sagt: „Dies Erz das ist Kupfer, das hat in seiner Natur, dass es Gold werden mag, darum ruht es nimmer, es komme in dieselbe Natur ..... Ja Holz, Stein und alle Gräselein, die haben allesammt da Ein Wesen in der Erstigkeit ... Und hat Gott der Natur das gegeben, dass sie alle Ding mag werden, vielmehr, so ist das Gott möglich, dass das Brod auf dem Altar mag Gottes Leib werden." Und an einem andern Orte: „Nehm' ich Kupfer an dem Gold, so ist es da, und ist da in einer höhern Weise, denn es ist da an ihm selber." Wenn also Dante infern. XXIX den Capocchio in die Hölle verdammt, so verdammt er nicht den Alchymisten, sondern den Betrüger und den Verfälscher der heiligen Kunst. Ein alter Commentar bemerkt zu der Stelle: „Man sagt, dass Capocchio ein Sanese war, und dass er mit Dante Naturphilosophie studirte, mit deren Hülfe er die wahre Alchymie (la vera alchimia) finden wollte. Da ihm aber das nicht gelang, so übte er sich in der betrügerischen (nella sofistica) und verfälschte auf's feinste die Metalle." Er war der „Affe der Natur;" die Natur macht aus Kupfer wahres Gold, er, wie der Affe das äussere Gebahren des Menschen nachahmt, falsches Gold, das nur Gold scheint.

FÜNFTES CAPITEL.

DIE ANTHROPOLOGIE DANTE'S.

Dass die Seele unsterblich und frei ist, und den Grund und die Weise, haben wir schon gesehen. Die Seele hat zwei Thätigkeitsformen, Affekt und Sinn oder Willen und Verstand, diese entsprechen in der sinnlichen Welt der Wärme und dem Licht wie es in der Sonne vereinigt ist, par. XV, 73 ff. Allein der Wille ist nicht aus dem Verstand, sondern der Verstand aus dem Willen bestimmt und wie die Neigung im Willen ist, so stellen sich die Dinge im Verstande dar; denn so heisst es purg. X, 1: „Die böse Liebe lässt den krummen Weg gerad' erscheinen.“ Wenn aber die Sonne das Symbol Gottes ist, wenn ferner der Mensch dadurch das Ebenbild Gottes ist, dass er geistiges Feuer und Licht d. h. Willen und Verstand hat, so ist auch das Absolute selbst nicht die ruhende Substanz, sondern das thätige Vermögen, der allvermögende, allthätige Wille, der sich in der Weisheit seine Form giebt. Dass solche Annahme dem Dichter nicht fern lag, kann ausserdem auch daraus hervorgehen, dass Gott der Vater häufig im Gedicht eterno valore, eterna virtu (im Sinne der Virtuosität) genannt wird. Und auch Hugo nähert sich dem Gedanken, wenn er sagt[1]): Deus est virtus

---

1) de arca morali IV, 1.

et sapientia, so hier virtus, wie Dante den „Willen“, voransetzend. Uebrigens ist jener psychologische Grundgedanke des Dante nicht ohne Wurzeln in der Vergangenheit. Schon Augustin sagt[1]): „Wille ist in Allen, ja Alle sind nichts andres, als Willen (voluntates).“ Die Eintheilung in Willen und Verstand war allgemein. „Die Seele hat zwei Arme, sagt Bernhard[2]), Erkenntniss und Liebe“, oder, wie er sich anderswo[3]) ausdrückt: „Erkenntniss (Verstand) und Affekt.“ Auch Thomas unterscheidet so. Richard erklärt[4]): „Wir pflegen jenes Vermögen der Seele, das sich in so viele Affekte zu formiren vermag, Wille zu nennen;“ und vergleicht die Vernunft mit dem Licht, den Affekt mit dem Feuer[5]). Ebenso Hugo[6]). Und Ekhart sagt[7]): „Die Seele hat zwei Füsse: Verständniss und Minne.“ Dass der Verstand sich aus dem Willen bestimmt, bemerkt auch Richard[8]), wenn er sagt: „Der Mensch rennt aus der Raserei seiner Begierden oft in eine solche Finsterniss der Irrthümer, dass er das Gute bös, und das Böse gut nennt.“

Wie nun aber der Wille dem Intellekt seine Richtung geben muss, so kann doch er sich nur durch Vermittlung des Intellekts realisiren. In der Erkenntniss, im Schauen des Unendlichen entzündet sich die Liebe und in ihr die ewige Seligkeit, parad. XXVIII, 106—115. Sowie auch Hugo sagt[9]): „Niemand mag lieben, was er in keiner Weise erkennen kann, und desshalb, wenn wir Gott zu lieben wünschen, so streben wir vor allem ihn zu erkennen, zumal er derartig ist, dass er nicht erkannt werden kann, ohne geliebt zu werden.“ Und Ekhart sagt am angeführten Ort: „Je mehr die Seele erkennet, je mehr sie liebet.“ Uebrigens bemerkt Dante (mit Thomas

1) de civ. Dei XIV, 6. — 2) ep. XVIII ad Petr. Diac. Cardinal opp. tom. I. — 3) meditat. devotiss. 4. — 4) de cont. III, 18. — 5) tract. except. I, 1. — 6) 1 misc. I, 173. — 7) tract. III. Von der Seele Eigenschaften. — 8) de erud. hom. inter. II, 26. — 9) de arca morali I, 1.

von Aquino), dass Verstand und Wille in dem Leibesleben oft in Incogruenz mit einander seien, par. XV, 79 ff.; denn der Verstand könne häufig den Inhalt des Willens, des Lebens nicht ganz, intensiv und extensiv vollständig fassen, und in objektive Form und Ausdruck fügen. Nicht Alles lässt sich gedanklich determiniren, die höchste Empfindung drückt sich daher mit dem Herzen aus, nicht mit der Sprache. Es ist jedoch zu bemerken, dass hier von dem peripherischen Denken, Gedankenbilden die Rede ist, nicht von dem centralen Erkennen, Schauen.

Die Liebe ist der Same jeder Tugend und jedes Lasters, purg. XVII, 103 ff. Die Liebe ist nämlich die Neigung des Willens. So sagt auch Augustin[1]): Der richtige Wille ist die gute Liebe, und der verkehrte Wille die böse Liebe." Und Hugo: „Die Liebe ist das Leben der Seele[2])." Die Liebe des Menschen, diejenige Neigung, innere Richtung und Bestimmung seines Willens, die allen seinen innern und äussern Bewegungen zu Grunde liegt, ist der Mensch selbst. Was er in dieser Liebe erfasst, das ist in ihm sein Charakter. „Was der Mensch liebt, das ist er," sagt Meister Ekhart; „liebt er einen Stein, so ist er ein Stein, — liebt er Gott, so ist er — nun will ich nicht weiter sprechen, ihr möchtet mich steinigen." Der sittliche Process wird nach Anleitung dieses Grundsatzes von Dante purg. XVIII, 19 ff. auf eine originelle Weise entwickelt. „Das Gemüth, sagt er, das zur Liebe angelegt ist, ist in Bewegung gegen Alles, was ihm gefällt, sobald es von diesem in Aktion gesetzt ist. Die Fassungskraft (die Fähigkeit, Etwas zu fassen, sich einzubilden, die Imagination) nimmt aus dem Gegenstand ein Bild und arbeitet es im Menschen aus, so dass sie das Gemüth sich auf dasselbe hinwenden macht. Und wenn es nun sich auf den realen Gegenstand hin richtet, so ist das die Liebe.

1) de civ. Dei XIV, 7. — 2) 1 misc. I, 171.

Und wie das Feuer durch seine Natur nach oben strebt, so tritt das (innerlich von der Lust) erfasste Gemüth in das Verlangen ein, welches für den Geist das ist, was körperlich die Bewegung, und ruht nicht eher, als bis es sich des geliebten Gegenstandes erfreut." Die Seele also oder der Wille, der die Seele ist, bildet sich von einem äussern Gegenstande, der ihr gefällig ist, vermöge ihrer Einbildungskraft, Imagination ein Bild ein, versetzt sich durch Assimilation in einen dem Gegenstand correspondirenden Zustand. Soweit befindet sie sich noch in der Gewalt und Bestimmung des Gegenstandes, sie ist erfasst (presa sagt Dante). Aber nun geht sie aus der passiven Affektion in die Aktivität über; diese Aktivität der Seele ist das Begehren (desire sagt Dante), mit dem sie sich des Gegenstandes bemächtigt, andererseits aber auch ihre passive und insofern ihr als Willen noch äusserliche Bestimmtheit zur Liebe, zum Charakter, realisirt.

Die Stelle purg. IV, 1 u. folg., wo Dante die Einheit der Seele behauptet bei der Verschiedenheit der Existenz- und Manifestationsformen, indem er also leugnet, dass diese verschiedenen Formen ebensoviele Seelen seien, da in einem kräftigen Eindruck die Seele ganz und ungetheilt sei, und nur diejenige besondere Form, die von dem besondern Eindruck eingenommen wird, manifest, frei (sciolto), die übrigen aber latent, gebunden (legato) seien — bezieht sich in der That nur mit Unrecht gegen die Platoniker. Denn z. B. nach Plotin ist die Natur der Seele nur Eine, aber sich in verschiedenen Manifestationsformen abgliedernde, so dass die intellektuelle Seele, die animale Seele, der die sinnliche Wahrnehmung und Vorstellung (φαντασία, imaginatio) zugehört, und die vegetative Seele, die blos instinktiv thätige Physis, nur verschiedene Seinsweisen Einer und derselben Seele sind, daher auch wenn die intellektuelle Seele sich in den Geist (νοῦς, mens) erhebt, die imaginative Seele völlig occultirt wird. Ebenso spricht Porphyrios[1]) für sich und seine Schule ablehnend von denjenigen, die eine Mehrheit von Seelen lehren. Verwandt ist übrigens, wenn Meister Ekhart sagt[2]): „Die Seele hat nicht Theil und Theil, das und das (d. h. sie ist nicht eine Summe von Selbstständigem, Coordinirtem). Darum wendet sie sich zumal, wo sie sich hinwendet." Die Einheit der Seele bei der Verschiedenheit ihrer Kräfte lehrten auch Hugo von St. Viktor und Thomas von Aquino.

Die allgemeine Ansicht der alten Zeit von der Bedingtheit alles irdischen Geschehens durch die Einflüsse des Gestirns theilte auch Dante. Jedoch war es ihm fern, dem Einfluss der Gestirne eine solche Ausdehnung zu geben, wie ihm der leichtfertige und sinnliche Gedanke des Pöbels einräumte, und wonach der Mensch und seine sittliche Natur und Bewegung eigentlich Naturprodukt, die Geschichte ein deterministisches, fatalistisches Schattenspiel wäre. Was allerdings die reinen Naturwesen, die Pflanzen und Thiere betrifft — diese nämlich sind nach Dante ihrem innern seelischen Wesen nach rein aus dem Wesen des Gestirns, parad. VII, 133 ff. — so ist auch hier der Einfluss der Gestirne als der allgemeinen Formal-Principien und Agenten aller Naturwesen unbedingt. Allein der Mensch ist in Bezug auf das Formelle seiner persönlichen Bildung durchaus unbedingt; wenn er zwar sich den Lebensinhalt nicht selber macht, so hat er doch die Freiheit, sich für den einen oder den andern selbst zu bestimmen. Die Natur, der Himmel giebt seine Einflüsse, die nach Form und Inhalt nur natürlich, insofern von unten sind. Von oben stehen ihnen entgegen die Einflüsse von Gott, dem Quell der geistigen Gnaden. In Kraft dieser letzten geistigen Einflüsse ist es eben die sittliche Aufgabe, die untern natürlichen zu überwinden, und indem der

1) de abstinentia I, 40. — 2) lib. positionum 60.

Mensch in der Wahlfreiheit die formelle Möglichkeit hat, findet er in den göttlichen Einflüssen dazu die positive Bekräftigung. Diese sich aneignend und effectuirend, erhebt er sich in der That, was seine Persönlichkeit betrifft, über alle Einflüsse des Gestirns, über den Naturlauf und die blinde Bestimmung des Fatums, so dass diese auf seinen Charakter weiter keinen bestimmenden Einfluss üben, und ordnet sich einem andern Lebensreich und Lebensgesetz, der Ewigkeit ein. Dagegen ist das eben die Schuld und die Sünde des Menschen, sich den astralen Einflüssen, den blinden Naturbestimmungen zu ergeben. Ein Sünder ist ein Mensch, der, und zwar durch freie Wahl, wie der Mensch nichts ohne Freiheit thut, von den astralen Einflüssen in seinen innern und äussern sittlichen Bewegungen determinirt wird. Siehe purg. XVI, 67 ff. 103 ff.:

> „An höhere Macht, an besseres Wesen
> Ergebt euch frei, die wird den Geist (la mente) euch schaffen,
> Den das Gestirn nicht hat in seiner Sorge."

Ebendieselbe Betrachtung verfolgt Plotin in der zweiten Enneade[1]).

Von Interesse wird es sein, auch einige physiologische Ansichten Dante's kennen zu lernen, wie er sie u. A. purg. XXV, 37 ff. andeutet. Darnach erhält das Blut im Herzen diejenige allgemeine Bestimmung, welche sich nachher in den Organen, zu denen das Blut eilt, nach deren besonderer Natur individualisirt. Die totale Individualität des Bluts betheiligt sich jedoch an der Nahrung Eines Organs oder Systems, des Geschlechtssystems, und wird hier Produkt, (zunächst männlicher) Same. Der Same ist sonach ein Auszug, eine Quintessenz (v. 43 ancor digesto scende — Digeriren ist nach den Grundsätzen der Alchymie eine Entwicklung der höhern Kräfte) des ganzen Menschen.

1) enn. II, 3, 8. 9.

Er gelangt darauf in die matrix des Weibes und geht mit dem weiblichen Samen oder Ei eine organische Verbindung ein. Während hier nun der männliche Same die Quintessenz menschlicher Natur auf eine männliche, d. h. aktive Weise enthält, so der weibliche auf passive Weise und eben darin ist der Same fruchtbar, dass er sich mit seinem Gegensatz verbindet, nur die Verbindung der Gegensätze ist fruchtbar. So beginnt es denn in der Masse zu operiren, sie gerinnt davon und wird lebendig. Der aktive dynamische Theil wird als Seele frei und beginnt die Glieder zu entwickeln und zu gestalten. Allein soweit ist die Seele nur Naturseele, und unterscheidet sich von der Pflanzenseele nur graduell; sie ist soweit nur das Princip der Sensibilität und Irritabilität, der Empfindung und Bewegung. Die Urheberschaft der menschlichen Eltern erstreckt sich nur auf die Naturseite der Seele. Dagegen der Geist (der auch in der Seele erst die intellektuelle Thätigkeit entwickelt [1]) wird von Gott unmittelbar geschaffen oder vielmehr „gehaucht" emanirt (wie das emanente Wort aus dem immanenten Gedanken hervorgeht), sobald die Natur das Gehirn gebildet hat. Wir sehen, Dante huldigt dem Creatianismus, wie Thomas von Aquino und überhaupt die ganze mittelalterliche Theologie. Insofern aber war es ihm durch seine anthropologischen Principien unmöglich, eine Erbsünde anzunehmen, anzunehmen, dass das höhere wahre Selbst des Menschen von vornherein in die Sünde verwickelt sei. Es fragt sich nun, wie sich der ewige Theil zu dem natürlichen verhält und mit ihm vereinigt. Dante hat dafür ein schönes Bild. Sie werden Eins, sagt er, der ewige Theil pflanzt sich dem natürlichen ein, wie die Kraft der Sonne den Weintrauben, und wie diese darin zu einer süssen goldnen Frucht reifen, so tingirt auch die ewige Kraft die natürliche und bildet in ihr den reinen mensch-

1) vgl. Plotin enn. V, 1 § 3. ὁ δὲ νοῦς (τῇ ψυχῇ) λογίζεσθαι παρέχων.

lichen Typus durch, bis das Eine ganze schöne Menschenwesen als volle reife Frucht zu Tage kommt. Aber Dante verfolgt die menschliche Seele über die Wiege nicht allein, nein, auch über das Grab hinaus. Wenn Lachesis, sagt er schön und tief, nicht Faden mehr hat, so löst sich die Seele von dem Fleisch und in freier Kraft und Intensität (in virtute) führt sie mit sich davon das Menschliche (Natürliche) und Göttliche (Geistige, Transcendente); die andern Kräfte (d. h. die animale und imaginative) sind alle gleichsam stumm (latent), Gedächtniss, Intelligenz und Wille weit schärfer (wirksamer — also manifest) als vorhin.“ Man beachte jedoch, dass diese Erklärung im Purgatorium gegeben wird, einer Region oder einem Zustand, der sich noch innerhalb der Zeit befindet. Dagegen wird im 29. Gesang des Paradieses die Schulmeinung, nach der auch die Natur der Seligen ausser in Verstand und Willen, auch in Gedächtniss bestehe, entschieden zurückgewiesen, indem jene in Gott das Princip und seine endlichen Folgen in ewiger Gegenwart anschauen, das Gedächtniss dagegen seine Funktion nur innerhalb der getheilten Action der Zeit vollzieht. Aus demselben Grund lehnt auch Plotin[1]) eine Wirksamkeit des Gedächtnisses in der transcendenten Region ab.

Noch ist hier der Umstand anzuführen, dass Dante an bedeutenden Abschnitten seiner Wanderung in Schlaf und Traum versinkt z. B. purg. IX, 10 ff.; XXVII, 91 ff. Der unbekannte Verfasser einer Biographie des Pythagoras, die sich in der Bibliothek des Photius findet, sagt daselbst: Auf vierfache Weise werde der Mensch gut. Als vierte wird angeführt: „Wenn die Seele noch während des Leibeslebens sich ein wenig vom Körper trennt, und im Schlaf durch Träume zu weissagen beginnt“ (vgl. purg. IX, 16 ff.; conv. II, 8).

1) enn. IV, 4 § 1; vgl. m. § 6 *τῶν γεγεννημένων καὶ παρεληλυθότων ἡ μνήμη.*

SECHSTES CAPITEL.

DIE ERKENNTNISS- UND SITTENLEHRE DANTE'S.

Die Erkenntnisslehre Dante's ist hauptsächlich nach Anleitung von parad. II, 42—44. 55. 56. IV, 43—45. purg. III, 34 ff. zu entwickeln.

Dante unterscheidet zwei Erkenutnissorgane, ein natürliches la ragione und ein übernatürliches la mente. Die ratio ist das der Sache äusserliche Denken, das Denken durch Mittel und das durch die Zeit beherrschte, daher getheilte Denken, die Reflexion — nach Thomas von Aquino das Urtheil- und Schlussvermögen, welches das Denkbare mit einander verbindet und von Einem zum Andern fortschreitet — nach Gerson[1]) die Erkenntnisskraft der Seele, welche die Schlüsse aus den Prämissen ableitet, auch die Begriffe aus dem Sinnlichen abstrahirt, also auch die Meisterin der Sprache. Eben dies ist die *διάνοια* des Plotin, deren Thätigkeit das *λογίζεσϑαι*, oder das unterscheidende, ebendadurch getheilte von Einem zum Andern fortschreitende Nachdenken über ein Gegebenes ist, das sich als solches nicht in ihm als sein eigner Lebensinhalt, aus dem es sich unmittelbar entspinnt, sondern ausser ihm befindet — also die getheilte und abstrakte äusserliche Denkthätigkeit[2]).

1) vgl. de myst. theol. c. 11. — 2) vgl. I, 1 § 8. III, 9, § 1. 8 § 4. V, 3 § 2. 3. 6.

Die von der mens noch in keiner Weise überformte ratio ist völlig dem Wesentlichen, der Wahrheit, die durchaus transcendent ist, entfremdet; sie ist ja eben die innere Produktion des dem Wesen oder dem Absoluten veräusserlichten, des verzeitlichten Daseins. Das Reale, mit dem sie, und zwar durch die Sinne, welche, wie Plotin sagt, ihre Boten sind, in Verbindung steht, ist lediglich die sinnliche Erscheinung, das sinnliche Dasein. So bringt sie nun dieses auf ein Schema, in einen geordneten übersichtlichen Zusammenhang, durch den sie die Fähigkeit gewinnt, die bunte Masse der Erscheinungen der „Thatsachen" zu bewältigen. Will sie aber zu dem Uebersinnlichen fortschreiten, zu den Wesenheiten und Prinzipien, so kann sie das, da sie zu Jenem gar keine reale innere Beziehung hat, auf keine andere Weise, als durch einen Schluss von dem sinnlich Bekannten aus, einen Schluss, der nothwendig nach der Analogie des sinnlich Bekannten gebildet sein muss. Sie schliesst also von der Wirkung auf die Ursache, von der Erscheinung auf das Wesen, von der Folge auf das Princip. Aber unwillkürlich und nothwendig gestaltet sich ihr die Idee, die sie auf diese Weise von dem Wesen und Princip fasst, nach der Analogie der Erscheinung der äusserlichen Folge; die Idee des Innerlichen wird aus den Merkmalen des Aeusserlichen construirt und in ihrer Integrität daher zerstört. Alle diese Induktionsschlüsse sind somit unverlässlich, trügerisch, von Natur falsch, durchaus unwissenschaftlich. So auch verlangt Plato im Staat, dass man von dem Unbedingten ausgehen müsse. Es seien zwei Wege, Gott zu erkennen, sagt Philo[1]), der eine, der aus den Werken den Schöpfer erkennen will. Das sei eine Erkenntniss, wie durch den Schatten. Es gebe aber einen vollkommneren und reineren Geist, in die grossen Mysterien eingeweiht, der nicht die

1) de legg. allegg. III, 32. 33.

Ursache aus der Wirkung erkennen wolle, wie den Körper aus dem Schatten, sondern übersteigend das Entstandene, eine klare Anschauung des Unentstandenen ergreife, so dass er Ihn an sich selbst erfasse und aus ihm seine Erscheinung. Denn die im Entstandenen gebildeten Begriffe lösten sich auf [— die platonische δόξα], die aber im Unentstandenen seien bleibend, fest und unwandelbar [— die platonische ἐπιστήμη]." Ebenso erklärt Jamblichos, dass man die Wirkungen nur aus den Ursachen und Principien erkennen könne[1]). Und der Areopagit sagt[2]): „Es besteht durchaus keine genaue Aehnlichkeit zwischen den Ursachen und dem durch die Ursachen Gewirkten. Die Ursachen sind über dasselbe erhaben nach dem Gesetz ihres eigenthümlichen Urgrundes." „Nimmer, sagt Meister Ekhart[3]), mag man ein Ding in sich selber recht erkennen, man erkenne es denn in seiner Ursache." Thomas von Aquino sagt: durch die natürliche Erkenntniss erkennten wir nur, dass Gott sei, dass Er die absolute Ursache von Allem sei. Was Gott sei, adäquat zu erkennen, sei nur durch ein Wunder möglich, wie an Paulus geschehen. Er empfiehlt als Scholastiker die mittelbare Erkenntniss. Bernhard sagt[4]): „Was Gott ist, sehen wir nur in Gott, dass er ist, in den Dingen." Und so Dante's Virgil:

„Thor ist, wer hofft, dass des Verstandes Kräfte
Vermöchten je den Weg ohn' End' zu laufen,
Der einig Wesen hält in drei Personen.
Halt an, zufrieden mit dem „dass", o Menschheit;
Denn wenn Ihr Alles selber sehen könntet,
Hätt' ohne Noth Maria's Schooss geboren.
Seht ihr doch die sich sehnen ohne Nutzen,
Deren Verlangen sonst gestillt wohl wäre,
Das nun zum Wehe ewig ihnen bleibet.

---

1) de adhortat. ad philos. VIII p. 108. — 2) de div. nom. II § 8. — 3) Pred. 82. — 4) sup. cantic. sermo 31. opp. tom. I p. 282 ab.

Von Aristoteles red' ich, und Plato
Und vielen Andern" — d'rauf neigt' er die Stirne
Und sprach nicht weiter und verblieb verstöret.

Nur also dass die Ursachen die Principien sind, vermag die ratio der Verstand zu erkennen; in Bezug auf das Wesen ist er völlig incompetent, blind, und was er in dieser Beziehung entwickelt, ist nichts als ein leeres Gedicht. Aber überhaupt auch über alles, was über das unmittelbar sinnlich Gegenwärtige, Wahrnehmbare und Wahrgenommene hinausgeht, selbst wenn es noch in dem Bereich der Sinnlichkeit liegt, also z.B. über die Natur der Gestirne, ist er bei seinem gänzlichen Mangel an vernünftigen Principien, bei seiner völligen Abhängigkeit von der Regel des materiellen und mechanischen Geschehens auf der Erde ebensosehr einem trügerischen Hypothesenspiel anheimgegeben. Dietro ai sensi la ragione ha corte l'ali, „hinter den Sinnen, wenn diese ihn nicht begleiten, hat der Verstand kurze Flügel."

Das übernatürliche Erkentnissvermögen ist dagegen la mente, die Vernunft. Diese ist der Platonische *νοῦς*, wie denn Rufin, wenn der Platoniker Origenes den Ausdruck „*νοῦς*" angewandt hat, stets denselben mit „mens" übersetzt; nicht anders als Augustin, wo er in seinem Buch über den „Staat Gottes" die Platonische Philosophie erläutert. Die mens, die Vernunft, die erst mit der Offenbarung des Gottmenschen in der menschlichen Natur entbunden wurde, ist das eigentliche Organ der unmittelbaren Anschauung des Absoluten und der Wesenheiten der Dinge. Solche Anschauung ist nicht nur real, sondern sie ist zugleich ideal, von der vernünftigen Natur, der innern Nothwendigkeit und Evidenz des Geschauten erfüllt.

Li si vedra cio che tenem per fede,
Non dimostrato, ma fia per se noto,
A guisa del ver primo, che l'uom crede.

Wie auch Gerson sagt, dass die Intelligenz die Erkenntnisskraft des Geistes sei, die von Gott unmittelbar ein Licht empfangend, in diesem und durch dieses die ersten Principien als unmittelbar wahr und gewiss erkennt[1]). Wir sehen wie Stück für Stück auf's Genaueste die Anschauung Dante's mit der allgemeinen des Mysticismus übereinstimmt.

Und ehe nicht der in Wahrheit tiefe und tief angeregte Geist dieses Ziel erreicht, ehe nicht die Wahrheit selbst in ihrer unmittelbaren Wesenhaftigkeit ihn erleuchtet, ihre Evidenz, ihre Allgemeinheit und Gültigkeit in ihm entfaltet, eher kommt er nicht zur Ruhe. Nachdem er aber die Wahrheit ergriffen (oder vielmehr von ihr ergriffen ist), so ruht er in ihr, wie das Thier im schattigen Hain; und wahrlich wäre dieses Ziel nicht erreichbar, jedes Verlangen wäre eitel. Der Zweifel aber ist es eben, der als Stachel ihn von Gipfel zu Gipfel treibt, bis er zu der absoluten Wahrheit, die als solche zugleich das höchste Gut ist, eingegangen ist, parad. IV, 124—133. Wie auch Meister Ekhart sagt: „Nimmer mag man ein Ding in sich selber recht erkennen, man erkenne es in seiner Ursache. Also mag das Leben nicht vollbracht werden, es werde in seiner bärlichen Sache, da das Leben ein Wesen ist.“ Uebrigens dürfen wir wohl mit Ozanam annehmen, dass Dante seine Geringschätzung gegen die gewöhnlichen Künste der Schule ausdrücken wollte, wenn er inferno XXVII, 123, den Teufel zu einem Logiker macht. Und ebenso parad. XXIV, 91 ff. deutet er die Eitelkeit jener logischen Baukünste, durch welche die Schulen ihren Glauben fundamentiren wollen, an, und weist auf die Nothwendigkeit hin, dass der Glaube im Menschen selbst sich in seiner innern Nothwendigkeit und Evidenz erzeuge, indem er sagt: „Der reiche Erguss des heiligen Geistes sei der

1) de myst. theol. c. 10.

Syllogismus, der ihm den Glauben so entscheidend aufgeschlossen, dass jede Demonstration dagegen stumpf erscheine.“ Solange so die Wahrheit im Glauben, der nach Bernhard dasselbe involutiv ist, was das Wissen evolutiv, nicht inneres Leben geworden, ist alle gelehrte Construktion, äusserlich, wie die Sache dem Menschen bleiben muss, nur Heuchelei und Sophistik, v. 79 ff.

Wir schliessen an, was der Dichter über die Situation und Bestimmung des Menschen denkt. Der Mensch ist seinem wahren Wesen nach ein Gewächs des Himmels, der transcendenten Region, eine Pflanze Gottes. Sein irdisches Körperleben ist nur ein Uebergangs- und Mittelzustand. Der Körper hat den Zweck, dem Menschen als Basis, Instrument zu dienen, um seine innern geistigen Kräfte zu entbinden und auszubilden, purg. X, 121 ff.:

O stolze Christen, o elende, träge,
Die am Gesicht des Geistes ihr erkranket,
Vertrauen habt in rückgewandten Schritten,
Nehmt ihr nicht wahr, wie wir nur sind die Würmer,
Gezeugt den Engelsschmetterling zu bilden,
Der zur Gerechtigkeit eilt ohne Hüllen.
Woher denn bäumen sich so hoch die Herzen?
Ihr seid gleichsam Insekten-Missgeburten,
Dem Wurme gleich, in dem die Bildung irret.

Während nämlich im geistigen Dasein die höchste Einfältigkeit herrscht, und alle Kräfte in ihrem einfachen Mittelpunkt versammelt sind, wie auch jeder Gegensatz und damit jeder Kampf schweigt, und das Leben gleichmässig in jener Unmittelbarkeit dahin fliesst, welche wir Unschuld nennen, werden in der Region der Sinnlichkeit und der Zeit, welche gleichsam die Explication der Ewigkeit in ihre einzelnen Momenten ist, sowohl alle Kräfte der Seele entwickelt, als auch in dem Widerstand wider den Gegensatz der Geist gereift und zur höchsten Aktualität angeführt. Ein Gedanke, den auch Plotin andeutet[1]), wenn er sagt: „Die Seele nehme Erkenntniss des Bösen mit, und offenbare ihre Kräfte, und zeige Werke und Handlungen, die in der unleiblichen Region nie zur Aktualität (zum ἐνεργεῖν) gekommen wären, wenn überhaupt die Aktion (ἐνέργεια) die latente Potenz zur Erscheinung bringe."

Dante sagt ferner purg. XII, 95, der Mensch sei geboren, nach oben zu fliegen. Im körperlichen Dasein sind die geistigen Kräfte noch gebunden, gehemmt und getrübt, „der Geist, der im Himmel leuchtet, raucht auf Erden", par. XXI, 100. Insofern ist allerdings das irdische Leben eine Last, von ihm befreit zu werden eine Gnade von Gott, inferno XXXI, 128 ff.

Gott, das Unendliche, sagt Dante mit allen Mystikern, ist das wahre absolute Gut. Alle übrigen, alle endlichen Lebensgüter sind dies nur insofern, als sie von der göttlichen Gutheit eine besondere Seite repräsentiren, und als sie in der Ableitung und Unterordnung unter das wahre Gut erhalten werden. Dagegen ist das eben die Sünde, die Abweichung — eine Liebe zu einem Endlichen, die, dieses und sich selbst von dem Unendlichen abstrahirend, ganz an das Endliche sich aufgiebt. Dennoch aber ist auch hier, was sie an dasselbe fesselt, nur die Spur des Unendlichen in ihm, welche nur schlecht aufgefasst und von ihrem Subjekt isolirt worden ist, parad. V, 7 ff. So sagen auch die Platoniker, dass das Sinnliche die Seele anlocke durch die Analogie, die es mit seinen vernünftigen Urbildern habe — der Spiegel des Dionys in der Mysterienlehre. Den Geistern der Menschen, sagt Boethius[2]), ist von Natur die Begierde nach dem (absoluten) Gut eingepflanzt, aber abweichender Irrthum führt sie zu falschen Gütern. Der spätere Malebranche trägt einen ähnlichen Gedanken vor, wenn er

---

1) enn. IV, 8. 5; vgl. convito. IV, 19. — 2) de consol. III, 2.

sagt[1]): „Gott prägt uns nur eine einzige Liebe ein, die Liebe des Guts im Allgemeinen (du bien en général — das Gut im Allgemeinen oder schlechthin ist aber Gott); und wir können Nichts lieben, als durch diese Liebe, da wir nichts lieben können, was nicht ein Gut sei oder ein solches scheine; es ist die Liebe des Guts im Allgemeinen, welche das Princip aller unserer besondern Neigungen (de tous nos amours particuliers) ist." Die Liebe also, die nicht primitiv und principiell auf Gott geht, weicht von dem geraden Weg von ihrer Natur in die Unnatur ab. Und unser ehrlicher Wandsbecker Bote sagt: „Andres, der Mensch trägt in seiner Brust den Keim der Vollkommenheit und findet ausser ihr keine Ruhe. Und darum jagt er ihren Bildern und Conterfey's in dem sichtbaren und unsichtbaren Spiegel so rastlos nach, und hängt sich freudig und begierig an sie an, um durch sie zu genesen. Aber Bilder sind Bilder und können nicht befriedigen."

Die Tugendlehre Dante's ist einfach, sie ist dieselbe, wie sie schon von Augustin in der Schrift de doctrina christiana und dem Enchiridion ad Laurentium angelegt und der ganzen mittelalterlichen Theologie, besonders der Theologie des Thomas von Aquino eigen und geläufig war. Er construirt gleichsam als Basis ein Quadrat, das die vier thätigen Tugenden, die platonischen Cardinaltugenden *ἐγκράτεια*, *σωφροσύνη*, *δικαιοσύνη* und *σοφία* bilden. Auf dieser Basis erhebt sich das Dreieck, die Dreizahl der specifisch-christlichen, d. h. der beschaulichen Tugenden: Glaube, Liebe, Hoffnung. Jene vier sind auch den Heiden, d. h. dem natürlichen Menschen eigen, sie geben aber keine direkte Anwartschaft auf den Himmel, auf das Leben in Gott, sie bereiten nur den Boden für dieses Recht, das erst in und mit jenen dreien dem Menschen zu Theil wird.

---

1) recherches de la verité IV chap. I § 3.

Die Liebe speciell ist die Summe und Krone aller Tugenden, gleichsam die Spitze des Dreiecks. Von ihr sagt Dante purg. XV, 55 ff.:

Um wie viel mehr man hier sagt „unser“, um so
Vielmehr besitzt vom Gut ein Jeder,
So viel mehr Liebe glüht in diesem Kloster.

Die Liebe ist das wahrhaft Gemeinsamende; daher nimmt der Liebende Theil an dem Besitz und Genuss des Geliebten, ja er geniesst solchen Besitz eigentlicher als dieser, da dieser, jenen wieder liebend, sich seines Besitzes an jenen entäussert. Was daher Einer der Geliebten und Liebenden hat, das haben sie alle, und was alle haben, hat ein Jeder.

Aber alle unsere Gerechtigkeit, irdische wie himmlische, sind nicht unser Werk, sondern Gottes Gnade, purg. VII, 121 ff. Mit unserm ganzen Ingenium können wir nicht das Reich Gottes ergreifen, wenn es sich nicht zuvor zu uns herablässt und sich uns zu ergreifen giebt, ibid. XI, 7 ff. In das Absolute fällt immer und nothwendig das Moment der freien Productivität, in den Menschen nur der freien Vermittlung.

SIEBENTES CAPITEL.

DIE RELIGIONSLEHRE DANTE'S.

Die höchste und insofern vollkommenste (universellste) Creatur wollte die reine göttliche Lebensfülle, die eine Creatur, ein endliches Wesen, nie ganz fassen kann, und die sich daher für sie in eine unendliche Succession auseinanderlegt, nicht der göttlichen Mittheilung danken, sondern, indem sie auf sich selbst reflectirend mit dem Bild ihrer eignen Grösse ihre Liebe füllte, wollte sie sich auf sich selber gründen. Da aber die Lebensintegrität die unbedingte Natur des Göttlichen ist, und die Creatur hiermit aus dem Göttlichen in sich selbst, in das ging, was sie für sich ohne Gott ist, so kam sie auf die nackte Materie und verfiel dem Gott und Göttlichen entgegengesetzten Centrum der Gravitation, der Materie, dem Chaos, der Nichtigkeit endlichen Wesens. Diese That, die erste Sünde, wird als superbo stupro bezeichnet, wie schon Augustin[1]) den Ursprung der Sünde im Stolze (superbia) suchte. Aber es ist in dieser Bezeichnung noch eine specielle Beziehung enthalten. Die Seele an sich ist gegen Gott etwas Weibliches und Gott ist in diesem Sinne aller Seelen legitimer Mann, der in ihr die rechten Lebensfrüchte erzeugt. Die Liebe also einem Andern zuwenden, als Gott, ist Hurerei, Ehebruch und sich selbst diese

1) z. B. de civ. Dei XII, 6.

Liebe zuwenden ist Stuprum, Selbstschändung (superbo stupro), Onanie. So heisst auch in dem kabbalistischen Buch Sohar der Böse mastrupator, der sich selbst befleckt hat[1]). Vgl. parad. XIX, 43—49; inferno VII, 11. 12.

Eine Folge dieser Ursünde war der Fall des Menschen, der augenscheinlich darin bestand, dass der Mensch seine Liebe der Sinnlichkeit, der Welt des Scheins zuwandte. Die Wirkung war die Verfluchung der Erde und das Zurückziehen des Paradieses. Das Paradies finden wir auf dem Gipfel des Fegefeuerberges wieder; es bezeichnet die Vermählung des Himmels mit der Erde. Von ihm unterschieden ist noch das himmlische Paradies, die rein geistige ideale Welt. Auch die jüdische Traditition spricht von einem doppelten Paradies, dem „obern und dem untern Palast.“ Der letzte ist „das Mittel zwischen der leiblichen Welt und jener geistigen, weil er von beiden verfertigt ist[2]).“ Ebenso weiss sie, wie Dante von einer doppelten Hölle (Scheol), der untern und der obern. Die letztere ist eben das, was Dante und die katholische Kirchenlehre den Limbus nennen, die Hebräer „Pforten der Hölle[3]).“

Aber der Himmel wollte die Welt in seine heitre Weise zurückführen, sie aus dem Schutt der Materie, aus der Eitelkeit ihres Wesens in den freien Aktus des Geistes restituiren, par. VI, 55 f. In Folge der Sünde des ersten Menschen, der den Zügel, die ideale Determination nicht leiden wollte, wurde er und sein Geschlecht aus dem Paradies (der in den Geist verklärten, d. h. occultirten Natur) in den Zustand der des Ewigen entkleideten rein äusserlichen gottentfremdeten Natur gebannt. Diese, die eine dem Wesen des Geistes völlig widersprechende Beschaffenheit hat, um mit dem Geiste

1) cabb. denudata. Tom. II p. 12. — 2) vgl. Eisenmenger entdecktes Judenthum II, S. 296 ff. — 3) Galatin de arcan. cath. veritatis VI, 9. p. 464.

wieder vermählt zu werden, musste als solche in ihrer Aeusserlichkeit aufgehoben oder „gerichtet" werden. Und eben daher zitterte im Sterben des Gottmenschen die Erde, weil sich da das Princip des Geistes mit dem ihm widersprechenden Princip der Materie berührte, parad. VII, 25 ff.; inferno XII, 40—46.

Dante ist übrigens weit entfernt, was auch, wie bereits angeführt, sein Creatianismus genügend beseitigt, eine Vererbung der Sünde im Sinne der lutherischen Lehre anzunehmen. Wie er denn parad. XXVII, 127 f. (sonst überall die Möglichkeit eines im niedern Sinne gerechten Wandels allgemein voraussetzend) im Besondern ausdrücklich den Kindern „Treue und Unschuld" beilegt.

Was das Christenthum sei, ist nach allem Vorhergegangenen klar genug, die Offenbarung der geistigen transcendenten Lebenskräfte und der freien Lebenseinigung mit und in Gott. Um Christ zu sein, genügt aber nicht, an die Thatsachen des Christenthums historisch zu glauben. Dante schildert diesen historischen Glauben, die blinde äusserliche Annahme auf Autorität hin, sehr dramatisch inf. XXIII, 142 ff. in dem Bruder, der wegen seiner Sünden in einen der tiefsten Kreise des Höllenreiches, und zwar in den Kreis der Heuchler gebannt, höchst naiv bemerkt:

Schon hört' ich in Bologna sagen
Vom Teufel grosse Laster, auch darunter,
Dass er Betrüger ist, und Lügenvater.

Nach Dante genügt es nicht, die Wunder, die seiner Zeit geschahen, zu glauben und auf dieser Annahme sein Christenthum zu bauen. Denn woher nimmt so der Mensch die Versicherung, dass diese Wunder wirklich geschehen sind? Das Wunder muss sich in uns selbst ereignen; denn wenn es in uns vollzogen ist, haben wir auch die Gewissheit, dass es einst äusserlich, ausser uns vollzogen wurde. Dies ist ohne Zweifel der Sinn der Stelle parad. XXIV, 100—109.

Auch Dante also ruft den Kirchlichen und Autoritätsgläubigen den Prophetenruf aller christlichen Mystiker entgegen. Es nützt nicht, glauben, dass Christus vor so vielen Jahrhunderten für uns geboren und gestorben ist, Christus muss in uns geboren, wir selbst müssen ein Christus, ja Christus selbst werden. In diesem Sinne sagt er auch parad. X, 49, Gott zeige den Seligen come figlia e come spira, d. h. sie selbst sind als innre Lebenstheile in diesen Process hinaufgenommen. Denn das ist das Wesen der ewigen Seligkeit: dass der einzelne, endliche Geist gleichsam in ein Embryonalleben in der absoluten Substanz zurückgekehrt (s'inventra), daher denn sein Gesicht (der geistige Sinn oder *νοῦς*) so mit dem göttlichen Gesicht (dem absoluten *νοῦς*) vereinigt, von ihm durchdrungen und tingirt und über sich selbst erhoben ist, dass er die absolute Wesenheit, die jenes (das göttliche Gesicht) ewig in sich erzeugt, an ihr selbst erschaut (parad. XXI, 83 ff.; vgl. auch XI, 73 ff. Dio vede tutto e tuo veder s'inluia), in und aus Gott aber alle ewigen und zeitlichen Folgen (Evolutionen) Gottes.

Indem Dante die ruhmreichen Heiden in den Limbus zum ewigen Schmachten verweist, will er nicht die ganze vorchristliche und gar etwa noch nachchristliche Heidenwelt aus dem Himmel verstossen wissen, sondern er will nur anzeigen, dass alle blos natürliche Tugend und Weisheit und so überhaupt der natürliche Mensch als solcher nicht in das Reich Gottes kommen kann, dass er in jener immer noch, wenn auch der Höllenqual enthoben, doch der Zeit der Region der Unwesentlichkeit, Aeusserlichkeit angehört. Dagegen meint er allerdings, dass Gott wohl Mittel und Wege finden werde, die rechtschaffenen Heiden, auch noch nach ihrem Abscheiden, in die Wirkungen seiner Gnade einzuführen und zu vollenden. Und so finden wir denn den Heiden Ripheus im Paradiese.

Dem dieser Darstellung der Weltanschauung Dante's

und der christlichen Mystik überhaupt vielleicht octroyirt werdenden Schluss, dass wir also die Herkunft des Christenthums aus dem Heidenthum des Platonismus und der Mysterien zuzugeben hätten, haben wir noch zu antworten. Diese Antwort könnte dahin gehen, dass die Form des Ausdruckes, in denen eine spätere christliche Spekulation den christlichen Inhalt eingekleidet, falls diese Form eine entlehnte ist, weder über den Inhalt noch überhaupt über die erste Conception entscheide. Es könnte auch hingewiesen werden, dass eine und gerade in den letzten Zeiten des Heidenthums immer allgemeiner gekannte Anschauungsweise, auch wenn die Form verändert worden oder die Beziehung, unmöglich aus den Ruinen eben der alten Welt, der sie angehören sollte, ein neues Leben hervorrufen könnte. Aber darauf will ich mich nicht berufen, sondern das will ich auch hier noch hervorheben, dass allerdings auch die heidnische Mystik die intimsten Beziehungen zum Christenthum hat. Es ist die Abstraktion, welche hier religiös und Religion bildend wirkt, und in dieser ihrer Wirksamkeit ein allgemeines Bild der Wahrheit hervorbringt, das in keinem Zuge den Charakter seines Ursprungs, der Abstraktion, verleugnet, in jedem das ist, was es vermöge dieses Ursprungs sein muss, ein von unten auf, von der Natur auf, durch Schlüsse und durch Negation der sinnlichen Concretheit gewonnener Abriss. Allein, das muss sich jedem Offnen, Unbefangenen anzeigen, dass was wir in dieser Philosophie im blassen und oft verschwimmenden Bilde erblicken, zwar ebendasselbe, aber das im Christenthum wir wiederfinden, enthüllt in seinen concreten Bezügen (wie z. B. in dem sittlichen Princip der schlechthin unbedingten Liebe, während der vorchristliche Mysticismus und namentlich unverkennbar der indische der Bhagavatgita[1]) von der Abstraktion aus, in der er

1) vgl. Uebersetzung von Lorinser VI, 9. 10. 33. IX, 29, XIII, 9 ff.

sich bewegt, mehr oder weniger, nur den Indifferentismus als sittliches Ideal zu erreichen vermag) — also sich enthüllend in seiner concreten Wesentlichkeit und Wirklichkeit selbst, als lebendiger Geist, lebendige Kraft. Und das ist, kurz gesagt, das wahre Verhältniss des Christenthums zum Platonismus, die Erfüllung der Weissagung desselben zu sein.

ZWEITER THEIL.

DER GEDANKENGANG DER GÖTTLICHEN KOMÖDIE.

O voi, ch'avete gl'intelletti sani
Mirate la dottrina, che s'asconde
Sotto'l velame degli versi strani.

Inferno, canto IX.

ERSTES KAPITEL.

DIE HÖLLE.

Inmitten des menschlichen Lebensweges, also um das 35. Jahr, findet sich der Dichter, nachdem er den geraden Weg verloren, in einem düstern Walde, dessen wildverschlungenes, rauhes Pfadgewinde er sich unfähig erklärt zu beschreiben. Der Wald liegt in einer Thalniederung. Das Thal stösst an eine Höhe, deren Rücken bei dem Beginn der Handlung schon mit den Strahlen der Morgensonne bekleidet ist. In nächtlicher Finsterniss also ist er bisher planlos umhergeirrt, nun beginnt es zu tagen. Angeregt durch das neue Licht, schickt er sich an, die Höhe zu erklimmen — als sich drei Unthiere ihm in den Weg werfen: ein Panther, ein Löwe, eine Wölfin.

Wohl erkennend, dass das Verständniss des Anfangs für das Ganze entscheidend sei, haben die Exegeten auf jenen ganz besondern Fleiss gewandt, ohne bisher zu einem abschliessenden Resultat gelangt zu sein. Die Ursache liegt zumeist darin, dass der historische Zusammenhang der Literatur, in dem das Gedicht entstanden, theils nicht genug beachtet, theils nicht gut gewählt wurde. Schon im ersten Theil haben wir bemerkt, dass die lobenden Anführungen im Gedichte uns einen Massstab geben könnten für den Lehrgang und die Lektüre des Dichters. Wir fanden bei dieser Gelegenheit auch den heiligen Makarius erwähnt (parad. XXII, 49). Derselbe sagt[1]): „Wenn die Vernunft der vernünftigen und frommen Uebung vergisst, so vergisst sie auch der Gebote; und daher, wenn sie fortzuschreiten scheint, irrt sie vom geraden Wege ab, und treibt auf krummen Pfaden umher; deshalb begegnet sie wilden Thieren." Christus aber, das Licht, führt sie heraus aus „der Wache der Finsterniss und zeigt ihr den Weg und die Pforte des Lebens"[2]). „Ihn müssen wir bitten, dass er, die Sonne der Gerechtigkeit, unsre Herzen durchleuchte, dass wir sehen können den Anfall der spiritualen Unthiere gegen uns"[3]). Von Christus auch der heil. Bernhard[4]): „Er wirft die spiritualen Bestien unter unsere Füsse." Und Richard von St. Viktor[5]): „O wie oft muss man fallen in so viele Abwege der Irrthümer, so viele Dunkel der Zweifel, so viele Ungeheuer von Lastern (vitiorum monstra), bevor man das höchste Verzagen an sich selbst vollkommen erlernt." Allein schon Plato nennt den niedersten Theil der Seele, die ἐπιθυμία (Begierde), ein θηρίον ποικίλον καὶ πολυκέφαλον ein „vielgestaltiges und vielköpfiges Unthier", den mittleren den θυμός (Leidenschaft) einen Löwen[6]), und vergleicht die erste wegen ihrer Unersättlichkeit mit einem durchlöcherten Schlauch[7]). Ihm folgt, derselben Bilder sich bedienend, Jamblich[8]). Und überall wird in der Schrift das Böse mit θηρίον bestia (unterschieden von ζῷον animal[9]) symbolisirt. Ohne Zweifel

1) de custod. cord. cap. 5. — 2) de libert. ment. 4. — 3) ib. 27. τὴν τῶν νοητῶν θηρίων καθ' ἡμῶν ἐπίθεσιν. — 4) de gratia et lib. arbitrio opp. T. II p. 148 c. — 5) de exterm. mali et prom. boni c. 13. — 6) de rep. IX p. 588. — 7) Gorg. p. 492. — 8) adhort. ad philos. c. 6. 17. — 9) vgl. Daub Judas Ischarioth II, 1, 5: Ohne Willenskraft aber mit desto stärkerem Triebe widerstrebt die vernunftlose und ohne Vernunftthätigkeit, aber mit um so bestimmterem Sinne widerstrebt eben sie als willenlose Creatur, vom Princip des Bösen ergriffen, der göttlichen Ordnung und indem ihre Animalität, z. B. die

haben wir nun in dem Panther die Lust und Ergötzung an dem farbigen Spiel der Erscheinung zu erblicken, wie die Epitheta hinreichend documentiren. Dante hält ihn für minder gefährlich, ein neuer Beweis, dass seine grossdenkende Seele am fernsten jenem Hang der leichtfertigen flüchtigen Menge war. Dagegen ist entgegen dem gefälligen Panther die Wölfin in Wahrheit das reissende Unthier; die ἐπιθυμία entkleidet sich in ihr all ihrer sinnlichen Hüllen, sie ist der Abgrund des geistig Bösen selbst, die gähnende Leere und grundlose Sucht des Wesenlosen, Nichtigen (Selbstsucht), des Negativen, das, je mehr es frisst, desto mehr negirt, desto mehr also seine Negation affirmirt und in Folge dessen desto süchtiger wird, daher denn auch:

> Sie hat ein so bösartig schlimmes Wesen,
> Dass sie nie füllt das gierige Verlangen,
> Und nach dem Frass mehr Hunger hat denn früher.

Der Geiz ist nur eine niedrige Gestalt derselben. In seiner Selbstbiographie sagt der treffliche Carus irgendwo, man könne Dante nicht tief genug nehmen. Dagegen bemühen sich die meisten Exegeten, ihn so flach wie möglich zu deuten. Ich für meinen Theil gebe der Ansicht jenes ausgezeichneten Mannes den Vorzug. Endlich der Löwe ist der Ehrgeiz (den Plato, wie Proklos anführt, das letzte Kleid der Seele nennt). So sagt auch Bernhard[1]) mit Anführung des bekannten Spruchs, dass der Teufel umherschleiche, wie ein brüllender Löwe: „Mit Recht rühmt er (der Teufel) sich König zu sein über alle Söhne des Stolzes.“ Dass für den Ehrgeiz der Dichter nicht unempfänglich war, ist wohl zu glauben. Das Thal ferner bezeichnet das Sinnenleben, oder besser das endliche Treiben und Widertreiben — der

---

Klugheit des Fuchses von dieser Ordnung zeugt, giebt ihre Bestialität, z. B. die Falschheit desselben, das Beispiel einer Störung derselben. — 1) ep. 42 ad Henr. Senonens. Archiepisc.

Hügel das Leben im Geist, das Leben der Unendlichkeit, wie Richard von St. Viktor sagt[1]): „Angemessen geschah solche Offenbarung auf dem Berge; denn dieses Geheimnisses tiefe Erhabenheit und erhabene Tiefe sollte nicht im Thale offenbart werden." Der grade Weg aber, von dem der Dichter abgewichen, ist die noch im Zustand der Unmittelbarkeit (direkten Beziehung) der Unschuld stehende Kindheit, worauf der Dichter mehrfach im Gedichte (z. B. parad. XXVII, v. 127 f.) anspielt.

Der Gedanke ist somit folgender: Wenn die Schwelle der Kindheit überschritten wird und die Ichheit, der Eigenwille, erwacht, so wird der Mensch gleichsam unbewusst (v. 10) in diesem Eigenwillen, als der Absonderung von dem Allwillen, wie durch einen Zug der innern Schwere („Centrumleere" sagt Franz von Baader) in die sinnlichen und selbstsüchtigen Interessen herabgezogen und verwickelt. Er geräth von dem geraden Wege auf die krummen gewundenen Pfade, von der Einfalt des in Gott ruhenden Herzens verliert er sich in die mittel- und ziellose Irre der Mannigfaltigkeit des Endlichen. Diese Bewegung, sittlich die Sünde, der Abfall (der „Frevel, die erste Anderheit, das für sich sein wollen", sagt Plotin) schliesst zugleich die tiefste Unseligkeit in sich. Denn ausserhalb des Absoluten wird der Mensch von den endlichen Interessen gefangen und besessen, er verwandelt sich gleichsam in sie, und wie denn jene unendlich vielfach und zerstreut sind, so wird er unendlich getheilt, und in einem Wirbel unausgesetzter Verwandlung umgetrieben. Nur wenn einer im Mittelpunkt ist, ist er frei. Der Mittelpunkt ist Alles, alles Mögliche und Wirkliche in einer unsäglichen Gleichheit und Klarheit. Aus ihm geht Alles hervor und Alles ist unter ihm, er Alles beherrschend. Wer im Mittelpunkt ist, dem wird Alles, was in

1) de praep. ad cont. 83.

der Peripherie liegt, nur eine untergeordnete Aeusserung des Lebens, von dem er ein innerer Theil ist, und das sich äussernd doch immer bei sich bleibt; über das Endliche erhaben, wird er Subjekt des Endlichen. Aber dem Mittelpunkt entfallen, wird er von dem Endlichen in Besitz genommen, in seinem Wechsel umgetrieben. „Da auf diese Weise, sagt Richard von St. Viktor[1]), verschiedene Neigungen den Menschen nach verschiedenen Seiten auseinanderreissen, oder zu Entgegengesetztem antreiben, quälen sie ihn jämmerlich und lassen ihn nicht Tag noch Nacht ruhn, und auf eine wunderliche und jämmerliche Weise anticipiren Solche die Zeiten ihrer Verdammniss, indem sie durch innere Seelenangst und äussere Bedrängniss gegen sich selber wüthen.“ Und das fühlend sucht er den Frieden. Da scheint ihn die aufgehende Sonne an, es grüsst, es küsst ihn leise das Morgenlicht des Christenthums, welches den Weg zu Gott, zur wesentlichen Tugend („Gerechtigkeit Gottes“), zur göttlichen Substantiirung und damit zum unzerstörbaren Frieden, zur radicalen Beruhigung und Beseligung des Geistes eröffnet hat. In diesem Schein, der ihm in's Auge fällt, wird nun zuerst ihm sein Verderben und dessen Wurzeln völlig klar. Wie er das von der Sonne vergoldete Ziel wahrnimmt, so nun auch sieht er das Thal der Laster, die Laster treten aus ihm heraus, objektiviren sich ihm, werden als solche von ihm erkannt. Nun will er den Berg erklimmen, aber die Unthiere drängen ihn zurück. Warum gelingt ihm sein Mühen nicht? Es ist ein Ringen aus eignen Kräften, aus dem blossen guten Willen, er ist mit dem Bösen noch innerlich substantiell verflochten. Innerlich substantiell muss er zuvor von dem Bösen gereinigt, einer Umschmelzung seines Wesens unterworfen werden, einem innern Umbildungs-Process sich unterziehen, ehe er

---

1) de exterm. mali et prom. boni II, 33.

eingehen kann in die ersehnte Freiheit, den ersehnten Frieden. Der menschliche gute Wille thut es nicht allein, die höhern Mächte müssen ihn innerlich substantiiren und ihm äusserlich assistiren. So nun blickt er hilflos, hülfesuchend, verzagend an eigner Kraft umher.

Eine Nebenbeziehung in dem Bild von den Thieren dürfen wir jedoch nicht unberührt lassen. Nicht ohne Bedeutung kann es sein, dass Dante eine Wölfin und nicht einen Wolf anwendet. Eine Wölfin war die Amme der Gründer Roms, nun der Metropole der päbstlichen Hierarchie. Sowohl in der Schrift, als bei allen theologischen Schriftstellern des Mittelalters ist es ein sehr gebräuchliches Bild, falsche selbstsüchtige Priester mit Wölfen zu vergleichen, s. auch parad. IX, 130 ff. In der römischen Curie fand jene gemeine unersättliche Gier damals ihre intensivste Erscheinung.

Viel sind, mit denen sie sich paart, der Thiere
Und mehr wird ihrer sein, bis dass der Windhund
Kommt, der sie kläglich wird zu Tode bringen.
Der wird sich nicht mit Erde und Metallen
Nähr'n, nein, mit Weisheit und mit Lieb' und Tugend.
Von Feltro wird bis Feltro sein Geschlecht sein.

Augenscheinlich ist hier unter jener die zur Hure gewordene, mit der Welt buhlende Kirche gemeint. Wer aber ist der Windhund? Alle Weissagungen haben eine universale Beziehung auf das allgemeine Ziel des geschichtlichen Processes, und eine particulare für die Zeit und den Ort, darin sie genommen sind. Hugo von St. Viktor führt unter den sieben Regeln der Schriftauslegung (welche, wie wir sahen, auch für unser Gedicht massgebend ist) als vierte an[1]), diejenige, „vermöge deren der Theil für das Ganze und das Ganze für den Theil genommen wird; z. B. wenn von einem

1) didasc. V, 4; vgl. auch Augustin, de doctr. christ. III, 30 ff.

Volk gesprochen wird, und es wird die ganze Welt verstanden." Mag daher auch der nächste Sinn auf einen Nationalhelden und -heiland, ja auf einen Zeitgenossen, wie den Can grande, deuten, der höhere und wahre Sinn geht auf Christus als Weltrichter. So ist ja auch die Kirche nicht ein italienisches Nationalinstitut, sondern ein Weltinstitut, und ihre Entartung ein Schaden der ganzen Welt. Vielleicht wird auch mit Nutzen angezogen eine Stelle in den Werken Hugo's[1]), wo es heisst: die Speise Emanuel's sei Milch und Honig, d. h. gute Werke (Tugend), und Süssigkeit der Contemplation (Weisheit und Liebe). Und so ist denn der Löwe der Trotz und gewaltthätige Uebermuth der weltlichen Macht[2]), und der Panther das buntscheckige, genusssüchtige, lüsterne Welttreiben, wie es damals in Italien, namentlich in Florenz, in voller Wucherblüthe war. Dem universellen Geist des Dichters erscheinen die sittlichen Fehlrichtungen sogleich in ihrer universalgeschichtlichen Gestalt.

In solcher höchsten Noth und Bedrängniss erscheint dem Dichter ein Schatten, der sich ihm als Virgil zu erkennen giebt. Wer ist nun Virgil? Virgil ist die Philosophie, sagt man, wofür auch vielleicht die Anrede „famoso saggio" spräche. In einem Sinne ganz recht. Nach meiner Ansicht aber ist Virgil die natürliche Vernunft vor allem, und, daran anschliessend, die natürliche Tugend, also die ratio und das Viergestirn der Cardinaltugenden, das als „Kreuz des Süders" im Eingang des Purgatoriums erscheint. Jene, die ratio, ist das produktive Princip auch der (heidnischen) Philosophie (denn alle eigentlich christliche Philosophie ist nach der Ansicht unsers Dichters Theologie). Diese Auslegung begünstigt auch die Stelle purg. III, 1 vgl. m. 34 ff., wo es heisst: rivolti al monte, ove ragion ne fruga. Die ragione

1) 2 misc. I, 2. — 2) vgl. Hugo in threnos Hieremiae opp. T. I p. 180. Leo est diabolus vel princeps in terrena potestate summus.

stachelt an zur Besteigung des Reinigungsbergs — sie begleitet, leitet und schirmt hier wie in der Hölle — sie ist das Werkzeug, dessen sich die himmlische Gnade bedient in denjenigen Regionen, d. h. auf denjenigen Lebensstandpunkten, die ihren ganzen unmittelbaren Einflüssen noch nicht zugänglich sind, weil sie noch mit Sinnlichkeit und Zeitlichkeit, mit Aeusserlichkeit und Gottentfremdung behaftet sind. Solche natürliche Weisheit und Tugend kommt aber erst zu ihrer wahren Lebendigkeit und Wirksamkeit in der politischen Societät im Staate, und speziell im Universalstaate. Das ist das Grosse in der Anschauungsweise Dante's, dass er das Einzelne nicht von dem Ganzen der universitas absondert, sondern nur in Diesem ihm einen Werth, eine Bedeutung zugestehen will. In dieser Beziehung erscheint uns nun Virgil in einem neuen Vollsinn, hinsichtlich dessen ich gerne mit Schlosser (in dessen „Dante") und Wegele übereinstimme. Virgil, der Dichter der Aeneide, des Liedes von Aeneas, des Urvaters Roms und seines Kaiserthums, zugleich auch Preisliedes auf Roms weltgeschichtliche Mission, ist der Repräsentant, gleichsam der Geist des Weltstaats in dem ganzen Schatz seiner natürlichen Weisheit und Tugend, die er in sich entwickelt. Daher auch ist seine Stimme in Folge langen Schweigens heiser, weil, wie Wegele richtig bemerkt, „die von ihm vertretene Lehre vom Kaiserthum, von der providentiellen Weltordnung seit längerer Zeit verstummt gewesen war."

Nun folgt die Anrede Virgil's:

Dir ist es noth, auf andern Gang zu halten,
Erwidert er, da er mich sah in Thränen,
Wenn du entgehn willst dieser rauhen Stätte.
Denn das Gethier, um das du Hülfe riefest,
Lässt Niemand ziehen seine Strasse, sondern
Hält ihn so lange auf, bis es ihn tödtet.
Drum denk' zu deinem Wohl ich und beschliesse,
Dass du mir folgest, und ich will dich führen

Und dich von hier zu ew'ger Stätte nehmen.
Dort wirst du das Verzweiflungsheulen hören,
Wirst seh'n die alten Geister voll von Qualen,
Wo Jeder schreit, zum zweiten Mal zu sterben.
Drauf wirst du sehen, die im Feuer hausen,
Zufrieden, weil sie zu entrinnen hoffen,
Wann es denn sei, zum seligen Geschlechte.
Willst du zu diesem dann aufsteigen, wird sich
Dazu wohl eine bess're Seele finden.
Die will ich bei dir lassen, wenn ich scheide.

Der Dichter ist noch in der Zeit, in dem verwirrenden Wirrsal der Erscheinung. Rettung wird ihm verheissen, indem er entrückt wird in das Ewige, in die innerliche Welt. Ewig ist das Wesen. Das Wesen ist einfach, ist die Identität. So s t es also das Reich der einfachen Principien, da er hingerückt werden soll. Diese eröffnen sich der vernünftigen Erkenntniss, die durcheinander treibende Fluth der Erscheinung, des Aeusserlichen, verwirrt sie, widersteht ihr. Er soll das innere Antlitz der Weltdinge kennen lernen, ihr inneres Wesen, ihre wahre Natur. Aus der Erkenntniss erzeugt sich Hass oder Liebe. „Es ist unmöglich, sagt Hugo, dass das Göttliche erkannt werde und nicht geliebt.“ Ebenso unmöglich ist es, das Böse zu erkennen und es nicht zu hassen, zu verabscheuen. Dante wird durch die Hölle geführt, um nach inf. XXVIII, 48 f. volle Erfahrung zu gewinnen, d. h. damit er die wahre, die innere wesentliche und allgemeine objektive Natur der Sünde und des sündigen Weltwesens erkenne, und dadurch sich innerlich in Hass und Abscheu von ihnen scheide, damit alle in die Interessen der Sinnlichkeit und Endlichkeit verwickelte Neigung und Liebe, soweit sie noch in seinem Willen haftet, radical getilgt werde. Das ist die unbedingt nöthige Vorbereitung zur wirklichen positiven Reinigung und Erhebung; nicht nur in ihrer Aeusserung gefühlt, sondern in ihrem Wesen erkannt, — und nicht nur in ihrer besondern Gestalt, sondern in ihrer allgemeinen schlechthinigen Natur — endlich nicht nur in ihrer subjektiven Beziehung, sondern in ihrer objektiven Realität muss die Sünde erkannt werden. Diese gewisse Freiheit, die dazu der Sünde gegenüber nothwendig ist, gewährt die göttliche Assistenz. Und in solcher Erkenntniss wird dann bewirkt, dass die Furcht und Noth, welcher der in eigner Kraft ohne jene höhere Assistenz ringende Mensch erliegt, sich in den innerlich sittlich abstossenden Hass und Abscheu und Schauder verwandelt, durch den richtig vorbereitet Dante in das Purgatorium einzieht.

Aber warum ist nun Virgil der Führer durch Hölle und Purgatorium, warum tritt nicht sofort die göttliche Lebensmacht in unmittelbare Handlung ein? Was bedeutet hier überhaupt das Wort „Führer“ (guida)? Einen blossen spiritus familiaris, Schutzgeist, Dämon u. dgl.? Gewiss nicht. Sondern „Führer“ bedeutet allemal das universale Princip, in welches das Individuum wie ein Organ einbegriffen ist, welches sich in dem Individuum eröffnet, und damit das Princip seiner, der individuellen Erkenntniss und Tugend wird. Alles individuelle Wesen ist die Exposition eines Princips, und dieses Princip ist eigentlich Gott. Gott aber ist der wesentliche Inbegriff alles Guten und Wahren. Und so ist auch in der innern Selbstbewegung, die sich in einem Individuum ergiebt, nur Güte und Wahrheit, soweit jenes in das Absolute einbegriffen und seine innere Bewegung nur eine organische Fortsetzung und individuelle Ausarbeitung der innern Bewegung seines Princips ist. Dagegen, wo es sich in seiner Selbstbewegung isolirt, es dem Bösen hülflos verfallen ist. Führer ist somit nicht das dem Individuum zur Seite stehende, gleichfalls individuelle, sondern es ist das inspirirende Princip. Inspiration aber von unmittelbar göttlicher Macht wäre schon Entwicklung göttlicher Bildung. Soweit ist der Dichter noch lange nicht. Noch steht ihm erst die äusserste, die negative Vorbereitung bevor. Er steht noch im Lebensstandpunkt des Endlichen. Die beiden grossen Lebensdurchgänge, die er zunächst zu erwarten hat, sind nur die Vorstufen des Unendlichen, selbst ausserhalb desselben im Endlichen stehend. Was also muss das universale Princip sein, das ihn, indem es ihn innerlich regiert und erleuchtet, durch jene hindurch führt? Es muss, so zu sagen, der Weltgeist sein, sofern und soweit er Manifestationsform und Organ Gottes ist, die Offenbarung und Repräsentation göttlicher Weisheit und Tugend in der äusserlichen Welt, in der Natur auf die Weise der Natur. Diese aber gewinnt ihre geistigste, gottähnlichste Gestalt in der Organisation des allgemeinen Staates.

Wenn aber Virgil als Repräsentant des Weltstaates auch Repräsentant der sich in diesem darstellenden göttlichen Gerechtigkeit ist, so liesse sich der Allegorie vielleicht eine neue Seite abgewinnen. Denn nach der mystischen Theologie ist Gott an sich das Wesen, und der sittliche Charakter des Wesens ist die Liebe. Aber die Liebe, indem sie aus ihrer eignen Region, der Region des Wesentlichen und Einfachen, in die endliche Region, die Region des Aeusserlichen und Vielfachen, übergeht, wird da zur Gerechtigkeit. Denn die Gerechtigkeit ist das Scheidende und die Jedem das Seine giebt, d. h. das, was aus seinem Wesen folgt. In der endlichen Region wird die Gnade zum Recht. Dieses waltet in Hölle und Purgatorium. Durch die Gerechtigkeit wird der Mensch zur Liebe geleitet.

Zweiter Gesang. Gleichwie Moses, da Jehovah ihn berief, zagend einwandte: Wer bin ich, dass ich zu Pharao gehe, und führe die Kinder Israels aus Egypten — und gleichwie Jeremias sprach: Ach, Herr, Herr! ich tauge nicht zu predigen, denn ich bin zu jung — — so hält sich auch der Dichter für unwürdig, die ausserordentliche Fahrt, den wundersamen Process auf sich zu nehmen. Wohl weiss er, warum es sich handelt, um eine Verzückung. Denn er bezieht sich auf jenes Selbstbekenntniss des Paulus II ep. ad Cor. XII, 2 ff., das nach der Vulgata lautet: Scio hominem in Christo ante annos quatuordecim (sive in corpore nescio, sive extra corpore nescio, Deus scit) raptum hujusmodi usque ad tertium coelum. Et scio hujusmodi hominem, quoniam raptus est in Paradisum. Wenn Dante nun sagt:

Perché pensando consumai la 'mpresa
Che fu nel cominciar cotanto tosta —

wer denkt nicht an Jenes des Dänenprinzen:

And thus the native hue of resolution
Is sicklied o'er with the pale cast of thought —?

Was ist es aber hier, das den Helden zaudern macht? Es ist sein natürlicher Mensch; das Fleisch, wie die Schrift sagt, das Zeitliche, das vor der Berührung mit dem Ewigen zurückschaudert, das seine Trägheit und Schwäche unter die Maske der Demuth und Bescheidenheit versteckt. Daher sagt ihm Virgil ins Gesicht:

Mit Feigheit ist geschlagen deine Seele.

Und um ihn zu ermuthigen, verweist er ihn auf die Autorität und den Beistand der göttlichen Mächte (— Beatrix spricht):

Mild ist dort eine Frau, die es so jammert
Ob dieses Hemmniss', dahin ich dich sende,
Dass sie dort bricht die Härte des Gerichtes.
Sie nahm Lucia sich in ihr Verlangen
Und sprach: Nun hat gar nöthig dein Getreuer
Dein, und er sei von mir dir anempfohlen.
Lucia, Feindin jedes harten Schlusses,
Bewegte sich, und kam, wohin ich weilte,
Da, wo ich thronte bei der alten Rahel.
Sie sprach: Beatrix, Gottes Lob in Wahrheit,
Warum hilfst du nicht dem, der dich so liebte,
Dass er sich schied d'rum vom gemeinen Haufen.

Ich kann die Auslegung von Philalethes in der zweiten

Auflage seines Commentars zu dieser Stelle nicht theilen, wo unter der donna gentile die gratia praeveniens, unter der Lucia die gratia operans, und unter Beatrix die gratia perficiens gemäss dem scholastischen Schema des Thomas von Aquino verstanden wird. Vielmehr bin ich der Ansicht der alten Commentatoren, denen sich auch Ozanam, Schlosser, Wegele anschliessen. Die Donna gentile ist die Gnade schlechthin. Das ergiebt sich schon aus dem Gegensatz duro judicio. Duro judicio bezeichnet nicht eine positive Wirksamkeit der Gottheit, sondern eben den Mangel dieser Wirksamkeit, das Verlassensein von Gott unter dem Elend des Endlichen. Die Kabbalisten sagen, Gott schuf durch Gnade und durch Strenge (Gedulah und Geburah). Strenge ist die Hinterseite Gottes, d. h. die Gott nur uneigentlich, nur negativ zur Ursache hat; sie ist die determinirende Potenz, d. h. das gegen Gott centrifugale Princip der Endlichkeit. Die Gnade dagegen, die Vorderseite, das Angesicht Gottes, ist das eigentliche Princip des Unendlichen, des Wesenhaften, das substantiirende Princip. Lucia ist eine besondere Funktion der Gnade im Allgemeinen, die Erleuchtung. Die sie repräsentirende allegorische Person ist die Heilige jenes Namens, von der nach Ozanam es in der goldenen Legende heisst: Lucia a luce, Lucia quasi lucis via. Wenn aber dem entsprechend auch der „donna gentile" eine bestimmte Person unterliegen sollte, so könnte diese, wie Wegele[1]) ausführt, keine andere sein, als die Mutter des Heilandes, Maria — womit die Gnade zugleich als im Christenthum aufgeschlossen bezeichnet wird.

Beatrix sitzt bei Rahel. In der symbolischen Theologie wird Rahel der Lea entgegengesetzt. „Rahel, sagt Richard[2]), ist Lehre der Wahrheit — Lea Zucht der Tugend; Rahel

1) vgl. dessen Dante Alighieri's Leben und Werke S. 435 ff. — 2) praep. ad contempl. 1.

Streben nach Weisheit — Lea Ringen nach Gerechtigkeit.“ Nach Bernhard ist Rahel schlechtweg die Contemplation[1]). Eckhart sagt[2]): „Rahel, die das innere Leben bezeichnet, bedeutet soviel als ein Gesicht des Ursprungs.“ Unser Gedicht setzt Rahel in nahe Beziehung zu Beatrix: die mystische Theologie setzt die Contemplation in Correspondenz zur Weisheit, wie Richard sagt: Rahel studium sapientiae. Beatrix ist die sapientia Dei, davon müssen wir ausgehen. Bei den Kabbalisten heisst derselbe Begriff das Gesetz. Das Gesetz anschauend schuf Gott die Welt. Das Gesetz ist das schlechthin Allgemeine und Nothwendige, Gültige — die Idee. Dasselbe ist auch die Schechinah oder die himmlische Mutter, so auch das obere Jerusalem und die obere Kirche heisst, in welcher alles Dasein (in seinen Grundwesenheiten) enthalten ist[3]). Nach Plato ist der *νοῦς* oder die *σοφία*[4]) die erste absolute Manifestationsform des Absoluten, das Absolute als Subjekt-Objekt oder Geist. In ihm ist der Universalorganismus der Ideen, der wahren und Grund-Wesenheiten[5]). Plotin aber, wie wir schon sahen, nimmt in dem absoluten Geist die unendliche Fülle einzelner Geister (*νόες* mentes) wahr, ebendieselben, die Jamblich und Proklos noch höher hinaufrücken, und unmittelbar in die Identität setzen als *ἑνάδες* Einheiten — doch so, dass hier wie dort die Trennung sich nicht äusserlich effektuirt, sondern nur auf einem innern Reflexionsverhältniss des absoluten Geistes resp. der Identität beruht. Philo, wenn er von der *σοφία* sapientia spricht, meint die Ideenwelt, die aber nach ihm nur in dem absoluten Geist, dessen Gedankenwelt, ja er selbst in seiner innern Thätigkeit ist. So wie auch Augustin[6]) sagt: „Der Geist der Weisheit ist vielfach, weil er Vieles in sich hat; aber

1) de consid. ad Pap. Eugenium I opp. T. II p. 127 R. — 2) Pred. 101. — 3) vgl. Molitor über d. Tradit. III S. 259. — 4) vgl. Phileb. p. 30. — 5) Parmenid. p. 132 d. — 6) de civ. Dei XI, 10.

alles was er hat, das ist er auch und alles das ist er als Einer.“ Nachher wurde die Weisheit der Begriff der zweiten Person der Dreieinigkeit, des Sohnes. Sonst wird die σοφία, die sapientia, dargestellt als eine Jungfrau, weil zwar alle Dinge durch sie in's Dasein kommen, sie aber bei allen Geburten immer dieselbe bleibt. Wenn der Mensch sündigt, entsteht eine Verfinsterung (Occultation) in seinem Geist, der ein innerer Lebenstheil (ἀπόσπασμα sagt Philo) des absoluten Geistes ist. Ein spätrer Mystiker Jakob Böhm nennt den einzelnen Geist eines Menschen dessen Idea. Er sagt, dass das Weib, um mich des platonischen Ausdrucks und Begriffs zu bedienen, das εἴδωλον der Idea sei, dass der Mann eigentlich die Idea suche, wenn er um das Weib freie. Insofern liegt es nahe, in Beatrix den Geist, die ideale Substanz des Dichters zu sehen. Aber das Individuelle geht hier unmittelbar in das Universelle über. So ist Virgil zunächst zwar die einzelne ratio, mehr aber noch ist er das Princip der Ordnung der natürlichen Welt. Entsprechend ist Beatrix der Geist und Inhalt der übersinnlichen Weltordnung, die im Gegensatz der sinnlichen als der Rechtsordnung eine Lebens- und Gnadenordnung ist. Das obere Jerusalem oder die ewige Gemeinde oder das Reich Gottes [1]) ist nichts anderes, als die Gemeinschaft der einzelnen Geister (mentes) in dem absoluten Geist. Und sofern diese Gottinnigkeit der Friede ist, ist Jerusalem „Gesicht des Friedens“ [2]); ferner auch bedeutet es die ewige Seligkeit [3]), das „himmlische Leben“ [4]) das „glückselige Land, das Vaterland und die Heimat, das Land der Lebendigen d. h. die ruhige Stetigkeit des Geistes“ (mentis stabilitas traquilla) [5]). Nach früheren Entwicklungen und dem Obigen könnte es scheinen, als ob Beatrix im letz-

1) vgl. Galat. IV, 25. 26. Hebr. XII, 22. Apoc. XXI, 10. — 2) Bernh. Sermo II in vig. Dom. opp. t. I p. 17 e. — 3) Hugo 2 misc. I, 54. — 4) Id. 1 misc. I, 95. — 5) Richard, de praep. ad cont. 38.

ten Grunde identisch sei mit dem Sohne Gottes. In so wesensinnigem Verhältniss aber Beatrix auch zu dem Sohn und dem Geiste steht, findet doch keineswegs eine Identität statt. Beatrix ist vielmehr das Weibliche gegen den Sohn, sie ist dem Princip gegenüber die Vielheit, in der sich das Princip innerlich reflektirt, also die Vielheit der Ideen einerseits, andrerseits der Geister, der Geist und Inhalt der idealen gottinnigen Typen und Grundwesenheiten der Menschen und Dinge. Sie ist die Gemeinde, nicht der Herr, aber nicht der Inbegriff der realen Individuen, sondern ihrer idealen transcendenten Wurzeln in dem absoluten Geist. Vgl. parad. XXV, 110 f., wo Beatrix die sposa tacita ed immota genannt wird, „wie eine Braut in stiller Erwartung," als welche sie auch purg. XXX begrüsst wird, und parad. IV, 118, wo sie amanza del primo amante heisst. Aber so gottinnig ist sie hinwiederum, dass in „ihrem lächelnden Antlitz Gott sich zu freuen schien", parad. XXVII, 104 f. In dieser Beziehung sagt Richard[1]): „Nichts wird glühender geliebt als die Weisheit — nichts süsser besessen." Auch darf nicht unerwähnt bleiben, dass eben diese symbolische Bedeutung der Figur der Beatrix von Dante angezeigt ist in der vita nuova wie im convito. Im erstgenannten Buch, jenem Denkmal seiner in jeder Hinsicht ungemeinen Liebe, sagt der Dichter im 30. Capitel: „Bei feinerem Nachsinnen und nach der unaussprechlichen Wahrheit war sie jene Zahl — die Neun — selber. Drei ist der Erzeuger der Neun, und der Meister der Wunder ist drei d. i. Vater, Sohn und Geist; es bedeutet also jenes, dass jene Dame ein Wunder war, dessen Wurzel einzig die wunderbare Dreieinigkeit ist"[2]). Und in einer

1) Richard, de praep. ad cont. 1. — 2) Neun ist die Anzahl der himmlischen Sphären, neun der Engel-Hierarchien. Beatrix ist das göttliche ideale Grundwesen der geistigen und natürlichen Welt.

schon angeführten Stelle des convito sagt der Dichter von der Weisheit, die, hier der sinnlichen Geliebten scholastisch entgegengesetzt, sich in der That als deren höhere Wahrheit enthüllt, — dass sie in Gott sei quasi per eterno matrimonio.

So heiligt sich nun die Liebe Dante's zu der verklärten Geliebten, zur Sehnsucht nach seiner idealen Substanz (seinem *νοῦς* oder mens) und diese erweitert sich sofort zur Idee der universalen Totalität und Gemeinschaft in Gott, oder wie Augustin sagt, der „geordnetsten und innigsten Societät in Gott." Den ganz analogen Process, sicher ganz unabhängig von Dante, stellt ein deutscher Dichter, nicht minder nach eignem Erleben, in einem grossartig und sinnvoll angelegten, leider unvollendeten Werke dar — ich meine Friedrich v. Hardenberg in seinem Roman „Heinrich von Ofterdingen." Die gestorbene Geliebte wird dem nun als Pilgrim erscheinenden Ofterdingen, im zweiten „die Erfüllung" betitelten Theile, die Mutter Gottes, deren „Kindlein der Tod überwunden hat."

Gottes Mutter und Geliebte,
Der Betrübte
Wandelt nun verklärt von hinnen.
Ew'ge Güte, ew'ge Milde,
O! ich weiss, du bist Mathilde,
Und das Ziel von meinem Sinnen.

Der Schmerz um die Verlorne läutert sich zu der Sehnsucht nach der Heimat des Geistes, der seligen Gemeinsamkeit in Gott.

Wunden giebt's, die ewig schmerzen,
Eine göttlich-tiefe Trauer
Wohnt in unser aller Herzen,
Löst uns auf in eine Fluth.
Und in dieser Fluth ergiessen
Wir uns auf geheime Weise

In den Ocean des Lebens
Tief in Gott hinein;
Und aus seinem Herzen fliessen
Wir zurück zu unserm Kreise,
Und der Geist des höchsten Strebens
Taucht in unsre Wirbel ein.

Ich weiss nicht, ob schon einmal auf diese Analogie aufmerksam gemacht ist, und ob es bekannt ist, dass wir Deutsche auch eine Art „Göttliche Komödie" (oder doch deren Torso) besitzen, die zwar an Klarheit und Grossheit der Züge sich mit dem Werk des Italieners in keiner Weise vergleichen lässt, aber in ihrer Art bedeutungsvoll und anmuthig genug ist.

Das „Neue Leben" (vita nuova) „zeigt, wie Schlosser sagt [1]), den allmähligen Uebergang aus der sinnlichen Liebe zur himmlischen", oder wie ich mich ausdrücken möchte, sie dient, die Tendenz und den Fortschritt zum Idealen, Transcendenten in des Dichters irdischer Liebe zur Anschauung zu bringen. „Wenn sie, heisst es dort unter Anderm, von einer Seite erschien, blieb mir kraft der Hoffnung des wunderbaren Heils kein Feind auf Erden; ja es nahte mir eine innere Flamme der Liebe, welche mich einem Jeden verzeihen liess, der mich beleidigt hatte; und wenn mich dann Jemand über Etwas gefragt hätte, würde ich demüthig aufgeblickt haben und nichts geantwortet, als: Liebe. Und wenn sie dem Grusse nahte, löste ein Geist der Liebe in mir die Geister aller andern Sinne auf; er aber blieb an ihrer Stelle, und wer Liebe kennen lernen wollte, konnte es, das Leben meines Auges betrachtend. Und wenn dieses holdselige Heil grüsste, war Liebe durch das Uebermass der Seligkeit so mächtig, dass mein Körper ganz in der Liebe Gewalt war, sich zuweilen regte, wie etwas Schweres

1) „Dante" S. 73.

und Unbelebtes. Woraus offenbar hervorgeht, dass im Grusse der Geliebten eine Seligkeit wohnte, die gar oft mein Fassungsvermögen überstieg und verdunkelte." Den schon in seiner irdischen Liebe hervortretenden ekstatischen Charakter bekundet er auch in einer andern Stelle, wo er sagt: „Ich hatte mich an die Lebensgrenze (unter dem Anblick der Geliebten) gestellt, die man nicht überschreiten kann, wenn man Willens ist zurückzukehren [1]."

Dritter Gesang:

Durch mich geht's ein zur Stadt der trauerreichen,
Durch mich geht's ein zum ewig regen Schmerze,
Durch mich geht's ein zu dem verlor'nen Volke.
Gerechtigkeit trieb meinen hohen Meister,
Die göttliche Allmacht hat mich gegründet,
Die höchste Weisheit und die erste Liebe.
Nicht waren vor mir schon geschaff'ne Dinge,
Nur ewige, und ich auch währe ewig.
Lasst, die ihr eingeht, alle Hoffnung fahren.

Das Hinabsteigen zur Hölle ist, wie schon gesagt, nicht örtlich, sondern geistig zu nehmen. Die Hölle, die Welt des Bösen, ist das Alleräusserste, das unterzeitlich Ewige, dem die Gegenwart ganz in die Zukunft und Vergangenheit zerflossen ist. Die Höllenstrafen sind nur die verschieden modificirten Zustände in dem Process der reinen nackten Endlichkeit, dem das Böse als solches verfallen ist. Sie sind daher nicht direkte, sondern indirekte Wirkungen Gottes, wovon schon oben. Ewig sind sie, weil das Böse, in dem die Zustände sich natürlich ergeben, die falsche Liebe ist — da aber Jeder das der Substanz nach ist, was er liebt, das Böse und seine innere Situation aufheben soviel wie die Substanz der bösen und der Verdamniss unterworfenen Creatur zerstören wäre,

1) vgl. einen analogen Fall in Kieser u. Eschenmayer, Archiv f. animalen Magnetismus. Bd. X, 1. Abth. S. 133.

und weil überhaupt das Böse ausserhalb aller direkten Beziehung zu Gott ist.

Die Seelen derer, die weder für das Gute, noch für das Böse, weder für das Recht, noch für das Unrecht Partei nahmen, sind ganz entsprechend weder im Himmel noch in der Hölle, weder im ewigen Leben noch im ewigen Tode. Wo sind sie also? Sie sind im zeitlichen Sterben. Dante tritt hier in die Schauder und Schrecken des zeitlichen Todes ein, daher erscheinen auch hier die jüngst abgeschiedenen Schatten der Verdammten, und werden von hier in den ewigen Tod hinübergeführt. Daher entsprechen auch die Strafen, welchen jenes elende und nichtswürdige Volk unterliegt, ganz den Gräueln der Verwesung.

Ueber den Ungenannten, der die Natur dieses Kreises dem Dichter sofort kenntlich macht, v. 59, 60 che per vilta fece lo gran refiuto, ist viel hin und hergerathen. Den Pabst Cölestin V., einen trefflichen Mann, seines unpraktischen Wesens halber unter die Verworfenen zu verpflanzen, möchte dem edlen Geist des Dichters wenig entsprechen[1]). Alle hervorragenden Personen der biblischen und profanen Mythe und Geschichte werden von dem Dichter zur Darstellung seiner religiössittlichen Anschauung aufgeboten. Eine Person und nicht die geringste aus der Geschichte des Neuen Testaments wird vermisst — Pilatus. Auf den der Dichter hier anspielt, eine allbekannte unverkennbare Figur muss es gewesen sein. Kein Andrer ist eben hier gemeint, als Pilatus, der dort par excellence als Organ der Gerechtigkeit, als Vertreter des Kaisers vicarius Caesaris, wie Dante im V. Briefe ad Italiae reges et senatores von ihm sagt, dastand, aber der daraus erwachsenden Pflicht, dem daraus erwachsenden Recht und Vermögen, den par excellence Gerechten zu rechtfertigen, aus sittlicher Indifferenz und weltklugem Eigennutz

---

1) vgl. Goeschel im Jahrb. der Dante-Gesellschaft. Bd. I.

entsagte. Man lese im Evangelium des Matthaeus cap. 27 v. 11 und folg., man wird sich gestehen dass unser Fall viel mit dem Ei des Columbus gemein hat.

Charon ruft dem Dichter zu: Er der noch lebendige Seele sei, müsse auf andern Wegen, durch andere Pforten das Höllengestade erreichen, ein leichteres Fahrzeug, als das seine, müsse ihn tragen. Hier liegt nicht auf einem etwaigen Abstand des sittlichen Charakters Dante's von dem der Schatten der Verdammten, sondern auf jenem grossen Unterschied der Ton, dass jene todt sind, Dante aber noch im Leibe lebendig. Die andern Wege, andern Pforten sind die Pforten des Schlafs und zwar des somnambulen Schlafs, wie hingegen die Wege, die den Abgeschiedenen gewiesen sind, die Wege des Todes und des Uebergangs aus dem zeitlichen Tod in den ewigen sind. „Bisweilen haben wir ein Traumgesicht, sagt Richard von St. Viktor[1]), wenn die verborgenen Gerichte Gottes in unsre Anschauung treten.“ Und anderswo: „den schreckt sein Gesicht, der in der Verzückung des Geistes sieht, durch was für ein wunderbares, was für ein geheimes Gottesgericht, aus was für einem Kerker und Ketten einer herausgeht zu dem Reich. Wen, frage ich, soll der Abgrund göttlicher Gerichte nicht schrecken, wenn er sie, durch göttliches Licht berührt (divino lumine tactus), in dem Gesicht des Geistes erblickt?“ Charon ist der zeitliche Tod selbst, als gleichsam die Manifestation des ewigen (wahren) Todes in der Zeit, insofern in diesen, in den ewigen Tod überführend. Das Erdbeben ist das Erzittern der endlichen Natur unter der Berührung des Ewigen. Eben diese Berührung bezeichnet auch die luce vermiglia, der Blitz göttlicher Einwirkung, der die Pole des menschlichen Bewusstseins versetzt, metastasirt. Welcher Sinn v. 124 und 125 haben, ist aus den vorhergehenden Erklärungen leicht zu eruiren.

1) de erud. hom. inter. II. 5. 2.

Im fünften Gesange ist Minos das göttliche Gericht selbst, gleichsam das höhere gründende Princip der Hölle. Letzteres ist durch seinen Schwanz angedeutet, der die Abtheilungen der Hölle typisch vorbildet. Die Sünde ist das Wesen des Menschen, und die Strafe im Gericht die Folge aus dem Wesen, die sich nach dem Abscheiden realisirt, indem nun das Wesen keine äussere Basis mehr hat, auf die es wirke und sich ableite, sondern mit seiner Wirkung ganz auf sich selbst zurückfällt; vgl. c. VII, v. 9. consuma dentro te colla tua rabbia. Mit dem Bekennen ist angedeutet, dass das Wesen nun aller seiner Hüllen entkleidet in seiner Nacktheit offenbar wird [1]).

Die Eintheilung der Hölle ist theilweise genommen „nach dem Baum der Laster", den Hugo im zweiten Bande seiner Werke aufführt, wie folgt:

Luxuria,
voluntas, libido.

Ventris ingluvies, ebrietas, voracitas, gula.	Avaritia.
Tristitia, desperatio, pusillanimitas, timor, accidia.	Ira, terror, contumelia, protervia, rixa.
Invidia, malitia, odium.	Vana gloria, hyprocrisis, inobedientia, arrogantia, jactantia.

Superbia
radix vitiorum.

---

1) vgl. übrigens Bernhard, de interiori domo. c. 31.

Durch dieses historische Dokument ist übrigens der Begriff der accidiosi im 7. Gesange entscheidend festgesetzt. Wie der Zorn, die Exaltation, so ist auch das Verzagen, die Depression eine Sünde.

Ueberall begegnen wir nun Motiven, die den Dichter theils zur erschütternden Erkenntniss der Nichtigkeit und Eitelkeit alles irdischen Trachtens, theils zum Hass und Abscheu gegen das Böse und Schlechte führen. So in den Versen:

O wehe!
Wie vieles süsse Sinnen, wie viel Sehnen
Trieb diese zu dem schmerzensvollen Passe!

oder in den andern:

Mein Sohn, nun kannst du seh'n die kurze Posse
Der Güter, die Fortuna sind vertrauet,
Um deren willen sich die Menschen raufen.
Denn alles Gold, das unterm Mondeszirkel
Ist oder war, vermöchte nicht zu geben
Nur einer dieser müden Seelen Ruhe.

Im achten und neunten Gesang gelangt nun der Dichter an der Hand seines Führers in das eigentliche Bereich des geistig Bösen, das die Feindschaft gegen Gott und das Gute involvirt, die Stadt des Dis. Mit Recht sagt Abeken[1]): „Ich kann nicht umhin, Lombardi'n beizustimmen gegen andere Ausleger, die allein den sechsten Kreis mit dem Namen der Stadt des Dis belegen", und verweist dazu auf infern. IX, 25 f. XI, 70 f. Wenn man nun beachtet, dass, wie schon gesagt, hier und in den folgenden Kreisen das Böse erst in seiner wahren geistigen unaussprechlich frevelhaften Gestalt zu Gesichte kommt, so wird man das Ausserordentliche der in diesen Gesängen enthaltenen Begebenheiten nicht mehr unverständlich finden. Hier brechen die ewigen Schrecken

1) Beiträge S. 308 not.

des geistig Bösen über den Dichter herein. Virgil, der Geist der natürlichen Weltordnung, ist diesen ewigen Gewalten nicht mehr gewachsen. Er kann in dem Dichter das Entsetzen nicht bändigen, das, wenn er nicht sein Gesicht bedeckte, ihn ohnfehlbar über „die Lebensgrenze" hinausreissen, ihn entseelen, kurz ihn tödten würde. Es bedarf daher hier einer höhern Assistenz unmittelbar aus der göttlichen Region selbst. Dieser muss das Böse, muss seine sinnbetäubende, lebentödtende Macht weichen. Durch sie lernt der Dichter dieselbe ertragen, ihr widerstehen.

Das Bild von dem riesenhaften Alten im vierzehnten Gesang, der das Gesicht nach Rom, den Rücken nach Damiette in Aegypten hat, repräsentirt das Menschengeschlecht in seiner geschichtlichen Einheit und Totalität, dessen Bestimmung (in der Richtung angezeigt) es ist, von Aegypten auszugehen und nach Rom zu wallen, d. h. von der Welteitelkeit in die durch die Kirche eröffneten Wesenheiten des Geistes. Richard von St. Viktor bedient sich desselben Bildes [1]), um die entwicklungsmässig sich vollziehende Degradation der Menschheit von dem paradiesischen Zustand (dem caput aureum) abwärts anzuzeigen. „Dem Eisen, sagt Schlosser [2]), entrinnt der Flammenstrom Phlegethon, der Gleiches mit Gleichem, unnatürliche Leidenschaften und Begierden mit einem ewigen Brande des Innern und nie gestillten Streben nach aussen straft. Alle Jammerströme erstarren im Eis des Cocytus, welcher Bild und Strafe der schauderhaften Kälte eines hohen Verstandes ist, der sich des Verkehrten freut."

1) de erud. hom. interioris I, 31. — 2) Dante S. 91.

ZWEITES CAPITEL.

DAS FEGEFEUER.

Das Fegefeuer wird dargestellt als ein steil aufsteigender Berg, um den sich ein enger rauher Pfad hinaufwindet. Auf dem Gipfel liegt das Paradies, auf dem Gipfel findet der Dichter Beatrix, den Geist des himmlischen Jerusalems, ebendesselben, das er im Eingang des Gedichtes von der Morgensonne vergoldet auf der Höhe erblickte, das er, blos in eigner Kraft arbeitend, vergebens zu gewinnen suchte. Mit Recht wird der fortschreitende Process der Reinigung und der Entwicklung der geistigen göttlichen Kräfte als ein Aufsteigen bezeichnet, dessen Ziel auf der Höhe die Vollendung in der Gemeinschaft mit und in Gott dem unendlichen Geiste ist. Aufsteigen ist Verinnerlichen, und der Gipfel der Höhe ist das absolut Innerliche. Die Sünde ist eine Veräusserlichung, ein Ansetzen des Aeusserlichen, Absorption in das Aeusserliche, die Reinigung von der Sünde gleichsam eine Entschalung, vgl. canto II v. 122.

a spogliarvi lo scoglio
Ch' esser non lascia a voi Dio manifesto.

Das Bild, das Dante verwendet, ist ein seiner Zeit sehr courantes. „Hinaufsteigen müssen wir, sagt Bernhard[1]), aus

1) breves sermones XIX opp. t. I p. 210 h.

den Thälern der Laster auf die Berge der Tugenden." Derselbe anderswo [1]): „Auf dem Wege seid Ihr, Brüder, welcher führt zum Leben, auf dem rechten und unbefleckten Wege, welcher zum Staate Jerusalem führt, jenem, das frei ist, das droben ist. Schwierig und rauh zwar ist das Aufsteigen dahin. Nämlich auf dem Gipfel des Berges ist es gegründet." Hugo erklärt dies, indem er sagt [2]): „Aufsteigen zu Gott ist Eintreten in sich selbst. Wer innig in sich eingehend und innerlich durchdringend überschreitet (transcendit), der steigt wahrhaft zu Gott auf." Von dem, der zu dem Jerusalem aufsteigt, das frei ist, kann man sagen, wie Virgil I, 7: Liberta va cercando. Das Innerliche und in Gott Verinnigte ist frei, d. h. der göttliche Lebenstypus ist sein eigen inneres Wesen, seine persönliche Natur, sein Charakter. Dagegen dem dieser Lebenstypus noch äusserlich ist (als Gesetz, Satzung), das dient. Das Symbol der Repräsentation des sich aller äusserlichen Beziehung und aller Beziehung zu dem Aeusserlichen muthig entreissenden Freiheitsdurstes ist Cato, vgl. v. 73 ff. Mit Recht fragt Cato: „Wer hat euch geleitet, wer war euch Leuchte in der tiefen Nacht, die ewig das Höllenthal verfinstert?" Und Virgil verweist auf die göttliche Autorisation, die immer zugleich Befähigung ist — er verweist auf die göttliche Assistenz, ohne die es, wie wir sahen, ihm unmöglich gewesen wäre, den Irrenden durch die (eigentliche) Hölle (welche die Stadt des Dis ist) hindurchzuführen. Darauf befiehlt Cato dem Virgil, seinen Schützling mit Binsen zu gürten, und dessen Antlitz von dem Schmutz der finstern Wanderung zu reinigen. Der Sinn ergiebt sich aus den Worten, mit denen Bernhard an dem oben angeführten Orte fortfährt: „Ihr aber mit ebenso glückseliger Leichtigkeit, als leichter Glückseligkeit geht den Weg nicht allein,

---

1) Sermo de quadruplici debito ib. 174 a. b. — 2) de vanitate mundi II.

nein lauft ihn; denn ihr seid entlastet und gegürtet. Jene aber, die, wiewohl sie Aegypten entflohen sind, dennoch nach allem Aegyptischen auf das zarteste zurückseufzten, fanden den Weg zu dem Staat der Wohnung nicht.“ Und Dante deutet selbst den Sinn an, wenn er sagt, dass die Binse deshalb verwandt werde, weil „sie den Stössen nicht nachgebe.“ Es ist dies der letzte Akt, der gleichsam die ganze zurückgelegte Wanderung besiegelt — das energische Losreissen von allen thätigen und leidenden Bezügen zu dem Untern und die energische Concentration aller Kräfte und Sinne auf das Ziel.

Im zweiten Gesang sehen wir Dante dem Engel Anbetung und Verehrung zollen. Denn noch ist er nicht Bürger des himmlischen Reichs, Mitbürger der Engel, er ist noch daraussen, also darunten, und so geziemt es ihm, verehrend hinaufzuschauen zu den hohen Creaturen, in denen Gott sich verkläret. Engelverehrung aber und Heiligenverehrung beruhen auf demselben Grunde.

Die Stelle canto III, 124 ff.

Se'l pastor di Cosenza
Avesse in Dio ben letta questa faccia

(d. h. die Liebe, das Erbarmen . . .) wird von den Auslegern ganz falsch erklärt. Denn nach ihnen soll in Dio wegen des Verbums leggere („lesen“) soviel heissen, als nel verbo di Dio, nella santa scrittura „in der heiligen Schrift“. Vielmehr eben dies ist eben durch das Verbum leggere ausdrücklich verneint, und die Verse wollen sagen: „Wenn er statt in dem Buchstaben der Schrift, in Gott selbst wesentlich gelesen, erkannt hätte das Angesicht Gottes, d. h. Gottes wesentliches Wesen, die unendliche Liebe, wenn er also im Sinne der Mystik wiedergeboren wäre. . . .“

Wenn canto IV, 27 f. gesagt wird, dass hier der Mensch fliegen müsse, nämlich mit den Flügeln der Sehnsucht, so ist damit angedeutet, dass alle Aktivität und Causalität, die in diesem Werke auf Seite des Menscheu fällt, die Begierde, das Verlangen, das Sehnen ist, welche die göttliche Gnade erfüllt, d. h. substantiirt, und dass daher, indem der Mensch sich zu einem immer tieferen Verlangen sammelt, er das Werk dadurch intensiv und extensiv fördert, es vertieft und beschleunigt. Der ebendort v. 88 angezeigte Gedanke, dass im Fortgang des Processes die inneren Schwierigkeiten immer mehr abnehmen, ist zu einfach, um weiterer Ausführung zu bedürfen.

Im fünften Gesang v. 16 ff. wird gewarnt, sich bei diesem Kampf in das Spiel der wechselnden, immer neue Möglichkeiten und Wendungen vorspiegelnden, durch den nächsten die Kraft des ersten aufhebenden Gedanken nicht einzulassen, weil dasselbe nothwendig Zögerung und Unentschlossenheit gebäre, und dagegen den Willen einfach, direkt auf das Ziel zu concentriren.

Dante ist noch im Vorhof des Purgatoriums. Die Dämmerung bricht herein. Schon im siebenten Gesang v. 53 ff. hört er, dass die Nacht „den Willen mit Nichtkönnen bestricke“. Man vermöchte wohl rückwärts und umher zu gehen, aber nicht Einen Schritt aufwärts fortzuschreiten. Nun im achten Gesang jene Verse von wirklich zauberhafter Schöne:

> Die Stunde war's, die auf der See den Schiffern
> Die Sehnsucht weckt im Herzen, an dem Tage,
> Da sie Leb'wohl gesagt den holden Freunden;
> Die den, der jüngst zur Wand'rung ausgezogen,
> Mit Liebe leis' verwundet, wenn von fern er
> Herüber hört das Abendglocken-Läuten,
> Mit dem der Tag sein Sterben scheint zu klagen —
> Als ich begann, vom Hören mich zu wenden,
> Und auszuseh'n auf eine Seele, welche
> Aufstand und mit der Hand Gehör verlangte.
> Sie trat heran, erhoben beide Hände,

Die Augen heftend gegen Sonnenaufgang,
Als sagte Gott sie: Sonst mag Nichts mich kümmern.
Nun quoll te lucis ante so andächtig
Ihr von der Lippe, mit so süssen Tönen,
Dass meinen Geist es hinriss in Verzückung.
Und drauf die andern, lieblich und andächtig,
Begleiteten das ganze Lied sie, ihre Augen
Emporgerichtet zu den obern Sphären.
Nun schärfe für den Sinn die Augen, Leser,
Denn hier gewiss ist dünn der Bilder-Schleier,
Hier ist es leicht in's Inn're durchzudringen.

Nun schweben zwei Engel heran, in lichtgrünen Gewändern, grünen Fittigen, in der Hand das flammende Schwert. Darauf züngelt die Schlange herbei, dieselbe, die Eva im Paradies verführte. Bei dem Hinzueilen der Engel entflieht sie. Dann geht der Mond auf (s. canto IX, 1 ff. und die Erklärungen).

Wir dürfen nicht vergessen, dass Alles Bild ist im Gedichte. So nun hier befindet sich der Dichter und alle, die mit ihm die gleiche Sphäre theilen, nicht an einem Ort, sondern in einem Zustand, und was sich im Gedichte äusserlich ereignet, sind in Wahrheit innre Lebensvorgänge. Also auch die Sonne, welche auf- oder untergeht, ist nicht die natürliche Sonne, sondern ist ihr innerliches geistiges Original — ist Gott. Hoch oben wandelt sie am Firmament — noch ist das Leben des Dichters und seiner Genossen nicht in sie selber, in ihre Substanz eingetaucht, ihr Wesen und Wirken nicht mit dem seinigen eins — der Dichter ist noch ausser ihr, sie wirkt auf ihn ein, als auf ein Objekt, als ein äussrer Lebensreiz auf seine Bewegungen. Aber von ihr fliesst doch die positive Bekräftigung und die richtunggebende Weisung aus, in der des Dichters blos negatives Wollen und Sehnen zum Fortschreiten, d. h. zum positiven Verklärungsprocess befähigt wird. Allein eben weil in dem Dichter, weil in diesen Seelen Gott noch nicht als innerer fixer

Lebensmittelpunkt leuchtet, weil sie noch ausser Gott in der Endlichkeit ihr Wesen haben, darum sind sie auch noch dem „Tagwechsel“ ausgesetzt. Bald leuchtet ihnen die Sonne, bald entzieht sie sich ihnen. Oder vielmehr nicht die Sonne entzieht sich ihnen, sondern sie, in die Nacht des Natürlichen, Endlichen aus Ermattung zurücksinkend, entziehen sich der Sonne. Wie Ekhart in der 82. Predigt sagt: „Der Engel, da er sich zur Creatur kehrt, da wird es Nacht; da er Gott erkennt, das ist lichter Mittag.“ Und wenn so Gott dem Gemüth nicht mehr gegenwärtig ist, dann naht die Versuchung. Die Schlange züngelt heran. Es ist dieselbe Schlange, welche im Paradies die Urmutter verführte. Aber jetzt hat sie keine Macht mehr. Denn Jesus Christus hat ihr den Kopf zertreten. Durch ihn sind dem Menschen die Kräfte eröffnet, die Schlange, die Versuchung zum Bösen, radikal zu überwinden. Diese Gewissheit erhält die Kräfte durch die Hoffnung, die sie zu den Höhen hinaufschauen und das neue Erscheinen der Sonne mit demuthsvoller Sicherheit erwarten lässt. Die Hoffnung zeigen die Engel an zur Rechten und zur Linken, die „aus dem Schoosse Maria's“ (del grembo di Maria v. 37) kommen. So geht in solcher Nacht denn der Mond auf; nur im reflektirten Licht ist noch das Göttliche gegenwärtig, sei es in der heil. Schrift, sei es in der natürlichen Weltordnung.

Dante sinkt in Schlaf und Traum. Er sieht hoch am Himmel einen Adler schweben, über dem Ort, wo Ganymed entrückt ward „zum höchsten Rath“ (fu ratto al sommo consistoro). Plötzlich schiesst der Adler nieder und reisst Dante hinauf bis an das Feuer. Es zeigt sich beim Erwachen, dass Lucia ihn bis zur Pforte des Purgatoriums getragen. Der Adler bedeutet die Contemplation, die alle höhern Kräfte auf die Seele in Wirksamkeit setzt. Das ganze Bild ist bestimmt, die wesentliche eigenthümliche Tendenz des folgenden Processes anzuzeigen. Diese ist die Läuterung von den irdischen Schlacken, von den Schlacken der Endlichkeit, um durch solche Läuterung in das Leben und Wesen der Unendlichkeit einzugehn. Ganymed hier, wie Glaukos im ersten Gesang des „Paradies" bezeichnen das Ziel, die Absicht des Processes — die Vergottung.

Der Engel am Eingang des Purgatoriums entspricht dem Minos am Eingang der Hölle. Die Stufen bezeichnen die Faktoren, in denen sich der folgende Process vollzieht. Die erste „von weissem Marmor so polirt, dass der Dichter sich in ihr spiegelte", bezeichnet die Selbsterkenntniss — die zweite, rauh und brandigroth, in die Länge und Breite gespalten, bezeichnet die Zerknirschung, die Reue — die dritte, flammend, wie sprudelndes lebensvolles Blut, bezeichnet die Reinigung im Blute Jesu — die vierte endlich, ein Demantgestein, die Heiligung. In den beiden ersten fällt die Aktivität auf Seite des Menschen, die Anregung (Assistenz) nur auf Seiten Gottes, in den beiden letzten die Aktivität auf Seite Gottes, auf Seite des Menschen nur die formale Vermittlung. Daher sitzt der Engel Gottes auf dieser vierten, und seine Füsse ruhen auf der dritten. Die zwei Schlüssel von Gold und von Silber bedeuten Liebe und Erkenntniss (Wärme und Licht). Indem der Engel dem Dante die sieben PP. auf die Stirn zeichnet, macht er ihn selbst zu einem Büssenden. Der in den Process der Endlichkeit Verflochtene nimmt an allen Erscheinungsformen desselben mehr oder weniger Theil; er muss sie alle, alle „Glieder" der Sünde, wie der Apostel sagt, stufenweis überwinden.

Merkwürdig ist, dass die Meisten, die Dante auf dieser seiner Wanderung begegnen, sich erst im Moment des Sterbens oder kurze Zeit vor demselben zu Gott bekehrt, der ewigen Liebe entgegengestreckt haben. Der Dichter aber büsst schon während seines Leibeslebens. Das wird canto XVI, 42 eine Weise genannt, die dem „modernen Brauch ganz fremde" sei. Es liegt darin eine Lehre, die alle

Mystiker predigen. Wer hier schon büsst und sich reinigt, der entgeht jenseits der Pein des Fegefeuers, und wird sofort im Himmel, in der Welt Gottes offenbar [1]). Die aber hier die Reinigung versäumen, dennoch sich aber in einem letzten Glaubensakt mit der göttlichen Gnade in Zusammenhang setzen, in denen wird nun durch die Einwirkung des göttlichen Lichts die ihnen innewohnende Sünde als Strafe oder Züchtigung aktualisirt — der Process der Endlichkeit als Elend und Last empfindlich gemacht. So verwandelt sich ihre falsche Aktivität in ein genau entsprechendes Leiden. Und in dieser Selbstqual (denn ihre Qual ist ihr eigner persönlicher Process) müssen sie sich nun erschöpfen, bis alle Aktivität durch das entsprechende Leiden getilgt und die Seele, völlig gelassen wie im Moment ihres Entstehens, aller fremden Bestimmtheit bar, fähig ist die göttlichen Lebenswirkungen aufzunehmen.

In solchem innern Buss- und Reinigungsprocess sind von dem Dichter auch als vorzüglich wirksam in Anschlag gebracht die Exempel, die theils und namentlich zur Abschreckung, zur Demüthigung, theils auch zur Ermunterung, Erhebung dienen, vgl. canto XV, 133 — fin.

Im 19. Gesang (v. 10 u. ff.) wird Dante belehrt, dass nur die Lust und Lüsternheit des Menschen die irdischen endlichen Dinge mit einem lockenden Reize bekleidet, der in einer unbefangenen objektiven Betrachtung sofort entweicht. Das neque nubent v. 137 deutet an, dass alle irdischen (äusserlichen) Verhältnisse und Beziehungen in dieser Welt völlig erloschen sind und den Gesetzen des Geistes, des Wesens Platz gemacht haben.

In Bezug auf das Feuer im 7. Kreis (canto XXVII) bemerkt Abeken [2]) richtig, dass Dante dasselbe nicht allein

---

1) vgl. m. „Cäcilie oder von der Wahrheit des Uebersinnlichen." Husum 1867 S. 104. 5. — 2) Beiträge S. 333.

zur Züchtigung der Wollüstigen gebrauche. Es dient auch zu endlicher vollkommener „Tilgung alles Materiellen und Sündhaften im Menschen". Das Feuer ist das Reinigungsmittel par excellence. Schon Origenes spricht davon an mehreren Orten als von einem alten Lehrsatz.[1])

So tief der Mensch gefallen, so hoch muss er wieder aufsteigen, um seinen ursprünglichen (genuinen) Standpunkt wiederzugewinnen. Der Grad der Descensionen bestimmt den Grad der Ascensionen. Die Möglichkeit der Ascension überhaupt ist erst durch Christi grosses Werk eröffnet. Am Schlusse der Wanderungen nach Ueberwindung aller reinigenden Ascensionen findet der Mensch seinen ursprünglichen Standpunkt wieder, das „verlorene Paradies", in dem Paradies die verlorene Unschuld, justitia originalis. Diese ist im 28. Gesang Mathilde — die Proserpina, die unter Blumen spielt, noch unberührt von dem Räuber, dem Hades, dem Dunkel der Endlichkeit. Sie weist im 29. Gesang auf die Anstalten der Erlösung hin, durch die der Eintritt der Menschheit in diese Sphäre wieder erworben ist. Diese Anstalten finden sich gesammelt in der sichtbaren Kirche, niedergelegt und gestiftet von dem Erlöser. Sie beseelend und befruchtend steigt vom Himmel herab die unsichtbare Kirche — Beatrix. Der Baum, an den im 32. Gesang der Greif den Wagen (die sichtbare Kirche[2])) bindet, der von dem Wagen neue Blüthe treibt, ist die Menschheit — der Stamm Adam, das Gezweige seine Nachkommen. Es wird dem Erlöser Preis gesungen, dass er durch seine Entsagung die Ursünde, die Selbstannehmlichkeit und ihre Folgen getilgt. Nun erscheint in einem Gesicht die Unkrautsaat, die der Teufel (der Drache) zwischen den Waizen geworfen. Das Verderben der sichtbaren Kirche, der Verfall der Mittel der Erlösung, der

1) z. B. contra Celsum V, 240 f. In Exod. XV, 5. — 2) vgl. epist. IX, cap. 4.

Lebens-Schaden, der daraus für die Menschheit erwachsen, wird zur Anschauung gebracht. Endlich vollzieht sich im Dichter, nachdem vorher schon aller Zusammenhang mit der Sünde getilgt, die Wiedergeburt, die göttliche Lebenserfüllung und -gestaltung.

Ich kehrte wieder aus der heil'gen Welle
Wiedergeschaffen, sowie neue Pflanzen
Wiedererneuet mit erneuten Blättern,
Rein und geschickt zum Himmel aufzusteigen.

DRITTES CAPITEL.

DAS PARADIES.

Der letzte Theil führt den Dichter und den Leser in entwicklungsmässigem Fortschritt hinauf in den ewigen Sabbath der Seelen, in Gott und in die Anschauung Gottes. Der völlig geläuterte und neuorganisirte Weltenreisende wird mehr und mehr seiner Besonderheit — seiner endlichen Beschränkung entkleidet und dem Unendlichen assimilirt, bis er fähig ist, dasselbe ganz unvermittelt und rein in sich aufzunehmen, anzuschauen, in Anschauung mit Ihm sich zu einigen. „Die Seele ist aufgefahren, sagt Meister Ekhart[1]), und hat geflogen mit den Federn der Tugenden, das ist mit Weisheit, Mass, Stärke und Gerechtigkeit. Sie hat auch geflogen mit den drei göttlichen Tugenden, das ist Glaube, Hoffnung und Liebe.“ Derselbe anderswo[2]): Der Geist dringt durch das Firmament bis er kommt zu dem Geist, der den Himmel umtreibt, da von dem Umlauf des Himmels grünt und blüht, was in der Welt ist. Dennoch genügt ihm nicht, er dringe denn fürbass in den Wirbel und den Ursprung da der Geist seinen Ursprung inne nimmt.“ Und an einer dritten Stelle[3]) bespricht er das Aufsteigen der Seelen zu Gott durch die Engelhierarchieen, die zufolge dem 28. Ges. des „Paradieses“

1) Pred. 76. — 2) Pred. 74. — 3) Pred. 85. Ausg. v. Pfeiffer S. 275.

den Sphären der sinnlichen Welt entsprechen. An dem erst angeführten Ort aber sagt er noch: „Darum heisset die Seele ein Feuer, dass sie Gott mit der Begierde folgt, als das Feuer dem Himmel, und mag nirgends Ruhe haben denn in ihm“ — das völlige Analogon von parad. I, 136 — fin. Nachdem einmal der reine originale Naturtrieb entbunden, nachdem er von allen falschen Fehl- und Wahnneigungen, von der Schwere der Sinnlichkeit und Eitelkeit, dem centrifugalen Triebe, geläutert ist, wäre es in Wahrheit zu verwundern, wenn er, seiner wahren Natur wieder übergeben, nicht zum Absoluten hinaufstrebte.

Im Eingang erwähnt der Dichter die Schwierigkeit, das Erlebte im Gedächtniss wieder zu sammeln und weiter zu berichten, ein Punkt, auf den er im Schlussgesang noch einmal zurückkommt. Denn „wenn sich der Geist seinem Sehnen naht, vertieft (verinnigt) er sich dermassen, dass das Gedächtniss (des Gesehenen, Erlebten) nicht zurückkehren kann“. Es ist eben mehr oder weniger ein andrer entgegengesetzter Lebenszustand, in den hier der Wanderer eingetreten, ein Lebenszustand, der von dem täglichen durch einen Tod oder durch des Todes Bruder, den Schlaf, geschieden ist — es ist eine Versetzung des Bewusstseins — eine Versetzung aus der sinnlichen Entäusserung in seine eigne freie centrale intensive Natur. Ich will nicht annehmen, dass der Zustand, auf den hier der Dichter anspielt, in dem Grade vollständig von dem gewöhnlichen geschieden war, wie in den Phänomenen des Somnambulismus, in dem alle und jede Erinnerung aufgehoben ist. Denn jener Zustand war kein von aussen oder auf physischem Wege erzeugter, sondern ein durch innere geistige sittliche Arbeit, so zu sagen, errungener. Aber unter dieser Beschränkung muss von ihm doch dasselbe gelten, was von dem Somnambulismus.[1]) Eine Ana-

1) Ich verweise in dieser Beziehung auf m. „Ideen zu einer Philosophie des Geistes u. der Natur.“ Husum 65. Ab-

logie findet sich übrigens u. A. auch in einer Schrift des heil. Bernhard, wo es, nachdem zuvor von der Verzückung die Rede war, heisst[1]): „Wenn er aber dort beständig zu bleiben versucht, plötzlich fällt er herab, und zurückkehrend zu sich kann er sich nicht besinnen, was er über sich (supra se) sah, sondern wundert sich über die Anmuth der geschmeckten Süssigkeit in sich selbst" (intra se ipsum).

Ueber die Verzückung, zu der Dante durch den Anblick der Gott unverwandt in Betrachtung entgegenstrebenden Beatrix entzündet wird, haben wir schon im ersten Theil Gelegenheit gehabt, ausführlicher zu sprechen. Nur noch Einiges über die vv. 73—76. Dort heisst es: „Ob ich von mir nur war der, den du neulich schufst, Liebe, die du den Himmel regierst, du weisst es, die du mich mit deinem Lichte erhobst." Die Liebe, die den Himmel regiert, die den Aufsteigenden mit ihrem Lichte über sich selbst erhob, verzückte (vgl. canto II v. 48), kann nur Gott sein. Denn es ist der Widerglanz des Gotteslichts in Beatrix Augen, nicht deren Anblick selbst allein, der Dante hinreisst. Der aber oder der Theil von Dante, den Gott neulich schuf, wer ist das anders, als die Seele, von dem wir am Schluss des Purgatoriums gehört haben, dass sie sei „wiedergeboren so wie junge Pflanzen" — und das Ganze ist daher eine Anspielung auf jenes schon mehrfach angeführte Wort des Apostels: „Ob im Körper oder ausserhalb des Körpers, ich weiss es nicht, Gott weiss es." Vielleicht dient übrigens noch zur Erläuterung dieser Verse und speciell der Worte che creasti novellamente folgender Ausspruch Meister Ekharts[2]): „Wisset, meine Seele ist so jung als da ich geschaffen ward, ja noch viel jünger. Und wisset, mich verschmachtete, wenn sie nicht wäre morgen jünger als heute." Und dazu die Erklä-

schnitt VII u. „Grundlehren der philos. Wissenschaft" I c. 32 —38. — 1) de interiori domo cap. 18. — 2) Pred. 80.

rung[1]): „Das heisset jung, das seiner Geburt (seinem Ursprung, seiner Wurzel in Gott und den causae primordiales) nahe ist.“ Vgl. auch canto IV, 36.

Wen der Dichter im Eingang des 2. Gesanges mahnt, ihm weiter nicht zu folgen, ergiebt sich aus dem v. 10 u. flgde. angezeigten Gegensatz. Eine eigenthümliche Illustration übrigens zu diesen Versen bieten die Essays unserer populärliberalen Zeitschriften über Dante, die, gedrungen über den Allgepriesenen auch etwas zu sagen, nachdem sie seine Dichtkraft in der „Hölle“ gefeiert, die Verirrung des Genies, wie sie das „Paradies“ sein soll, mit der Abhängigkeit auch des Genies von dem Zeitgeist entschuldigen. Man kann in Wahrheit sagen, dass sie, „den Geist des Dichters verlierend, sinnverwirrt zurückgeblieben.“

Uebrigens wenn dort v. 34 ff. der Dichter von einem wechselseitigen Durchdringen der Körper, und Aufnahme des einen in die Substanz des andern spricht, so ist das nur sein völliger Ernst und nicht blos poetisches Schmuckzeug. Denn dann wird der Leib verklärt und in die Theilnahme der geistigen Natur erhoben, wenn er in den Geist absorbirt, occultirt, und in ihm als innere untergeordnete Bestimmung enthalten wird. Und so soll das gesammte Menschliche nach Scotus Erigena weiter in seinen wesentlichen und ursprünglichen Ursachen, causae primordiales, und durch diese weiter in Gott in der überschwenglichen Einheit occultirt werden.

Im 3. Gesange hält Dante die in der durchsichtigen Substanz des Mondes erscheinenden Lichtgestalten für Spiegelungen realer Substanzen ausser ihnen, und wird von Beatrix belehrt, dass eben das Unkörperliche die wahre Substanz ist; denn es ist das Alles Durchgreifende, Durchdringende. Die Lehre, die ihm darauf v. 70 u. ff. von der Seele der Piccarda zu Theil wird, ist die, dass eben das die

1) Pred. 79.

Seligkeit, der Friede sei, die Einigkeit und Einheit mit dem Willen Gottes, welcher Wille ebensosehr Wahrheit (Wesentlichkeit) als Liebe ist. Der Wille der Seligen ist nur ein innerer Theil des Willens Gottes, v. 84 che'n suo voler ne'nvoglia.

Im siebenten Gesang wird erklärt, dass Gott sich selbst gab, oder dass Gottes Sohn sich zur Incarnation erniedrigte, nicht damit Gott dem Menschen verzeihen, die Strafe erlassen könne, sondern damit der Mensch die Kräfte empfange, um für seine Sünde Genugthuung leisten zu können, — was eben im Purgatorium geschieht. Das Werk Christi ist die Aufschliessung des Purgatoriums.

Im zehnten Gesang sehen wir noch einmal den Dichter in die einfache Gottheit verzückt:

Si tutto'l mio amore in lui si mise
Che Beatrice eclisso nell' obblio.

Denn Beatrix ist, wie wir sahen, die erste Vielheit in dem absoluten Geist oder der absoluten Vernunft. Sich in die einfache Gottheit erhebend, erhebt sich der Dichter auch über Beatrix. Aber

Lo splendor degli occhi suoi ridenti
Mia mente unita in piu cose divise.

In die überschwengliche Einheit entrückt, wird der Geist in ihr vereinfacht, einfach in sich gesammelt, concentrirt. Der strahlende Lebensglanz der idealen Welt ruft ihn wieder in die Vielheit zurück, d. h. veräussert oder theilt, zerstreut ihn wieder.

V. 87 scheint die Unmöglichkeit ausgesprochen zu werden, dass ein Wiedergeborner und der einmal mit der göttlichen Substanz vereinigt ist, je wieder in das Unwesen der Sünde abfalle. Auch Tauler sagt[1]): „Wie der Stein, der geworfen wird in ein grundloses Meer, immer und immer fallen müsste und sinken, und nimmer geholt werden

1) Nachf. des armen Lebens Christi II § 10.

könnte, da er nirgends ruht, und seinen Endpunkt nicht gefunden hat, ebenso geschieht es dem Gemüth, das sich eingesenkt hat in den Abgrund der Gottheit; es versinket und erreichet den Grund nicht, denn der Grund ist unerschaffen und ewig, nicht ein endlicher Grund, wie alles Geschaffene; es ist ausgegangen von diesem und kann von ihm nie mehr ergriffen und gehalten werden, es ist in Gott, es schwebet und lebet in Ihm, es kann aus Ihm nimmermehr kommen, sowenig wie ein Stein aufwärts kommen kann aus eigner Kraft."

V. 88 f. finden wir den Begriff angedeutet, den der Mystiker mit „Freiheit" verbindet. Es ist das Ledigsein aller Endlichkeit von innen in eigner Natur und von aussen in fremden Bezügen, und die wesentliche Einigung mit dem Unendlichen, das durch sich selbst die Liebe oder das sich Allem Gemeinsamende ist.

In Bezug auf den 11. und 12. Gesang und in dem letzten v. 139 f., wo der Abt Joachim, der Verfasser des ewigen Evangeliums, als seliger Geist genannt wird, verweise ich auf die Einleitung. Der kirchlich-religiöse Standpunkt Dante's wird durch diesen Abschnitt nicht wenig illustrirt.

Sich anschickend zu der göttlichen Substanz selbst hinanzusteigen, und sich schauend ihr zu einigen, wird er von Beatrix schicklich verlassen. Statt ihrer schliesst sich ihm der heilige Bernhard an, derselbe, der in seinen Betrachtungen sagt[1]): Tunc ipsam trinitatem puro mentis intuitu videbimus.

Zum Schluss-Gesang, v. 139, möchte ich noch bemerken, dass schon Plutarch[2]) sagt: „Die Erkenntniss des geistigen lautern und heiligen Wesens lässt gleich einem durch die Seele hindurchfahrenden Blitzstrahl nur eine einzige Berührung und einen einzigen Anblick zu."

---

1) meditationes devotissimae cap. 4. — 2) de Iside et Osirid. 78.

Ich habe nun, wie ich glaube, mit dem neuen Erklärungsprincip alle Theile des wundersamen Gedichtes so beleuchtet, dass nichts Wesentliches im Dunkel geblieben ist. Die Frage der Jahrhunderte nach dem Geist und Sinn dieses erhabenen Räthsels ist damit in der Hauptsache erledigt.

Ich habe aber zugleich auch die Absicht verfolgt, die Geschichte der Philosophie durch einen würdigen Repräsentanten zu erweitern. Man wird von nun an, wo Dionys, Scotus, Bernhard, Hugo, Richard genannt werden, auch Dante nennen. Man wird aufhören sein herrliches Gedicht zu einer blossen poetischen Reproduktion der Schulweisheit seiner Tage zu machen. In dem Kranz der Platoniker wird auch er glänzen, nicht im mattesten Licht, nicht im erborgten Licht.

Weiter noch haben mich auch allgemeine Rücksichten geleitet. Ein bisher ziemlich in Schutt und Nebel vergrabenes Gebiet, die Mystik, in seinem wahren Geist und Gehalt aufzuklären, schien mir nicht ohne Verdienst zu sein. Und ich habe mich dieser Aufgabe um so freudiger unterzogen, als ich selbst, und als meine eigne Spekulation zu diesem Kreise die lebhaftesten Sympathien und die innigsten Beziehungen haben.

Wie aber in der Mystik Theorie und Praxis im höchsten Sinne zusammenfallen und eins sind, so auch ist es nicht nur ein Stück religiöser Spekulation, es ist auch und mehr noch ein Stück echten kirchlich-religiösen Geistes und Sinnes, das hier aufgerollt wird. Möge sich denn die Universitas, möge im Besondern sich die Kirche spiegeln in dem göttlichen Gedicht ihres Propheten, und Kräfte sammeln, um sich zu ihrer Idee von neuem zurückzuringen. Sollten aber auch diese Wünsche sich nicht erfüllen, — Eine, so lehrt uns Dante im „Paradiso“, Eine blüht unverwelklich, die ewige Stadt, das obere Jerusalem. Und wenn auf der Welt kein Halt mehr ist, so bleibt doch der ewige Halt, der „inwendig in uns“ ist.

Einem Menschen, der durch ein langes eingehendes und wachsend sympathisches Studium mit einem Werk und dessen Meister verkehrt hat, wird man es nicht verargen, wenn er seinen Dichter für den grössten aller Zeiten erklärt. Und in der That, es verlangt einen Genius ohne Gleichen, nicht nur Ideen, nein eigne innere Zustände des Gemüths, das Abstrakte und das Formlose in dem innern Leben des Geistes zu leibhaften, krystallinisch scharfgeprägten und durchsichtigen Gestalten, zu mit dramatischer Individualität und Anschaulichkeit handelnden Personen, sich entwickelnden Scenen zu „verdichten" — lebhaft vor die Augen treten zu lassen, mindestens nicht weniger lebhaft und leibhaft, wie wenn Einer von ihm gesehene Gestalten, erlebte Situationen vor das innere Auge wieder zurückruft. Allein unser Meister bewährt auch darin seinen Alle überragenden Genius, dass die Allgemeinheit und Allgemeingültigkeit seiner inneren Anschauungen oder Zustände und seiner Ideen in den Gestalten und Scenen, zu denen er sie verdichtet, nicht zur Besonderheit und Einzelheit ganz oder theilweise aufgehoben werden, sondern jene selbst in sich verklären. Die Personen und ihre Bewegungen sind hier in aller ihrer plastischen Individualität doch zugleich wesentlich allgemein, sie sind durchaus typisch. Und damit hat er, in echt prophetischer Universalität, so sehr er durch die Beziehung auf seine Zeit in der lebendigen Wirklichkeit den Boden behält, doch in seinem Gedicht einen ewigen Werth, einen Werth für alle Zeiten dargestellt. Was er seiner Zeit zugerufen, er ruft es auch uns zu — was damals galt, es gilt auch heute noch. Wenn es wahr ist, dass der Dichter ein Prophet ist, es gilt von Niemandem mehr als von Dante. Und wenn es wahr ist, dass der echte Dichter ein von Gott begeisterter und in einer göttlichen Raserei verzückter ist, Niemand ist göttlicher als Dante.